El geógrafo, Johannes Vermeer, 1669,
Städelsches Kunstinstitut, Francfort

El enigma Vermeer

Sobre los autores

Blue Balliett se crió en Nueva York, estudió Historia del Arte en la Universidad de Brown y trabajó como profesora de las Escuelas Laboratorio de la Universidad de Chicago, una institución que fundó el filósofo John Dewey hace más de un siglo. *El enigma Vermeer* es su primer libro juvenil. En la actualidad vive en Chicago (Illinois), se dedica plenamente a la literatura y está escribiendo la continuación de las aventuras de Calder y Petra.

Brett Helquist nació en Arizona y se crió en Utah. Es el ilustrador de las populares tiras *Una serie de catastróficas desdichas* de Lemony Snicket, de *The New York Times*. Vive con su esposa en Brooklyn, Nueva York.

Blue Balliett

El enigma Vermeer

Con ilustraciones de Brett Helquist

salamandra

Título original: *Chasing Vermeer*

Traducción: Raquel Vázquez Ramil

Ilustraciones de cubierta e interior: Brett Helquist

Publicaciones y Ediciones Salamandra, S.A.
Almogàvers, 56, 7º 2ª - 08018 Barcelona - Tel. 93 215 11 99
www.salamandra.info

ISBN: 84-7888-978-7
Depósito legal: NA-860-2006

1ª edición, octubre de 2005
2ª edición, marzo de 2006
Printed in Spain

Impreso y encuadernado en:
RODESA - Pol. Ind. San Miguel. Villatuerta (Navarra)

A Jessie, Althea y Dan, mis tres interrogadores. B.B.

A mi madre, Colleen. B.H.

«No se puede aprender gran cosa
y estar cómodo.
No se puede aprender gran cosa
sin incomodar a los demás.»

CHARLES FORT, *Talentos salvajes*

Contenido

1 FARGO HALL

2 DELIA DELL HALL

3 GRACIE HALL

4 KING HALL

5 INSTITUTO

6 ESCUELA SECUNDARIA

7 POPPYFIELD HALL

8 OFICINA DE CORREOS

9 CASA DE LA SRA. SHARPE

10 CASA DE CALDER

11 CASA DE PETRA

12 LIBRERÍA DE SEGUNDA
MANO POWELL'S

Sobre los pentominós
y esta novela

Un juego de pentominós es un instrumento matemático que consta de doce piezas. Cada pieza se compone de cinco cuadrados que comparten un lado como mínimo. Los matemáticos de todo el mundo utilizan los pentominós para investigar sobre la geometría y los números. El juego tiene este aspecto:

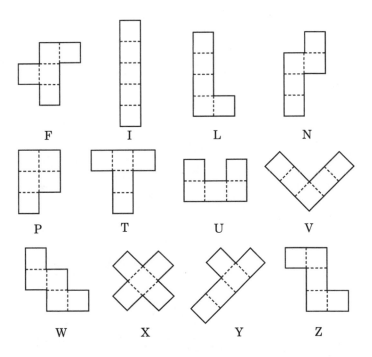

Cada pentominó recibe el nombre de una letra del alfabeto, aunque no todos se parecen exactamente a ellas. Con un poco de práctica, se pueden utilizar como piezas de un rompecabezas y juntarlos para hacer miles de rectángulos diferentes, de innumerables tamaños y formas.

El libro comienza, como un juego de pentominós, con piezas separadas que finalmente encajan. No te dejes engañar por ideas que al principio parecen cuadrar a la perfección. Los pentominós, como las personas, pueden sorprenderte.

Un desafío al lector: busca el mensaje en las ilustraciones

Las ilustraciones que Brett Helquist ha hecho para cada capítulo contienen una frase en inglés que encontrarás al final del libro si no quieres descubrirla por ti mismo. Esta frase se relaciona con el código de los pentominós del libro, pero no se presenta exactamente de la misma forma. Aquí tienes varias pistas: cierto ser vivo desempeña un papel importante en la labor de descifrar el código, y partes del mensaje aparecen en los dibujos a intervalos regulares que crean una pauta dentro del libro. La pauta no es par y posee tantas piezas como un juego de pentominós.

1

Tres cartas

Una cálida noche de octubre, en el mismo barrio de Chicago se entregaron tres cartas. La luna, rechoncha como una mandarina, brillaba sobre el lago Michigan. El timbre de la puerta sonó en tres casas, y alguien deslizó un sobre desde el exterior.

Cuando se abrieron las puertas, no había nadie en la calle. Las tres personas que habitaban aquellas tres casas vivían solas, y a todas les costaba conciliar el sueño esa noche.

Las tres recibieron la misma carta:

Estimado amigo:

Me gustaría que me ayudase a desvelar un delito que sucedió hace siglos. Por culpa de ese delito se ha cometido una equivocación con uno de los mayores pintores del mundo. Como los que ocupan puestos de relevancia no tienen el valor necesario para corregir dicho error, he asumido la tarea de descubrir la verdad. Lo he elegido a usted por sus conocimientos, su inteligencia y su capacidad para pensar de forma poco convencional.

Si desea ayudarme, le compensaré con creces todos los riesgos que corra.

No debe enseñarle a nadie esta carta. En todo el mundo sólo otras dos personas han recibido el mismo documento esta noche. Aunque tal vez no lleguen a conocerse, los tres trabajarán juntos de

una forma que ninguno de nosotros puede prede-
cir.
    Si muestra la carta a las autoridades, tenga la
seguridad de que pondrá su vida en peligro.
    Ya encontrará el modo de responder. Lo felicito
por su labor en pro de la justicia.

La carta no estaba firmada y no tenía remite.

Era tarde, pero el hombre se disponía a cenar. Le gustaba leer mientras comía e iba por la página cuatro de una novela nueva. Se dirigió a la puerta con el libro en la mano.
    Los espaguetis con salsa boloñesa se habían quedado fríos cuando se acordó de ellos. Permaneció sentado ante la mesa durante largo rato, contemplando primero la carta y luego la luna.
    ¿Era una broma? ¿Quién sería capaz de tomarse la molestia de escribir y enviar semejante carta? Estaba escrita en papel caro, del que compran los cursis o los que quieren impresionar.
    ¿Debía sentirse halagado o desconfiar? ¿Qué quería de él aquella persona? ¿A qué tipo de recompensa se refería?
    ¿Y quién sería el que lo conocía tan bien para saber que diría que sí?

Una mujer daba vueltas en la cama y el resplandor de la luna hacía brillar su largo cabello sobre la almohada. Estaba repasando mentalmente listas de nombres.
    Cuanto más pensaba, más nerviosa se ponía. No le hacía ninguna gracia. ¿Sería una coincidencia o se trataba más bien de un avispado consejo? ¿Qué era lo que sabía aquella persona de su pasado?
    Decidió levantarse; una taza de leche caliente le calmaría los nervios. Caminó con cautela, guiándose por los desvaídos rectángulos de luz que atravesaban el suelo. No tenía intención de encender la luz de la cocina.
    Los nombres formaban precisas columnas dentro de su cabeza: cada grupo pertenecía a un capítulo distinto de su vida. Estaban Milán, Nueva York, Estambul...

Pero aquello era una invitación, no una amenaza. Si las cosas se ponían raras o feas, siempre podía cambiar de idea. ¿O no?

Otra mujer permanecía despierta a la luz de la luna, escuchando el viento y el aullido ocasional de una sirena de policía.

Se trataba de una coincidencia de lo más extraña.

¿Aquella carta era una locura o una genialidad? ¿Y no resultaba muy ingenuo por su parte creer que esa persona se la había escrito solamente a ella? Tal vez hubiese cientos de cartas parecidas por ahí. ¿Y si había escogido su nombre al azar en la guía telefónica?

Fuera falsa o no, la carta resultaba intrigante… Un delito centenario… ¿Qué estaría planeando aquella persona?

¿Y qué pasaba con la parte amenazante? «Si muestra la carta a las autoridades, tenga la seguridad de que pondrá su vida en peligro.»

Tal vez fuese un loco, uno de esos asesinos en serie. Se imaginó que la policía entraba en su piso, encontraba la carta y comentaba junto a su cadáver: «Dios mío, si nos hubiera llamado al principio, estaría viva…»

Un gato solitario maulló en el callejón que había bajo su dormitorio y la mujer dio un respingo, con el corazón desbocado. Se sentó en la cama y cerró bien la ventana.

¿Cómo iba a negarse? Aquella carta podía cambiar la Historia.

2

La letra está muerta y
las cartas también

—La letra está muerta y las cartas también

Era raro que una profesora dijera algo así.

En la sexta semana de sexto, la señorita Hussey aún no los había decepcionado. El primer día de clase había confesado que no tenía ni idea de lo que harían durante el curso, ni cómo. «Depende de lo que nos interese o de que algo se interese por nosotros», había añadido, como si fuera lo más lógico. Calder Pillay era todo oídos. Era la primera vez que oía a una profesora reconocer que no sabía qué iba a hacer. Y lo mejor es que parecía encantada.

La señorita Hussey daba clase en la Escuela Universitaria, situada en el barrio de Hyde Park. La escuela se encontraba en el centro del campus de la Universidad de Chicago. John Dewey, un profesor innovador, la había creado cien años antes como experimento. Dewey creía en la acción, en trabajar en proyectos que permitiesen aprender a pensar. No todos los profesores de la U., como la llamaba Calder, estaban de acuerdo con las ideas de Dewey, pero la señorita Hussey coincidía con él sin la menor duda.

Empezaron el curso con un debate sobre la escritura y si era el medio de comunicación más preciso. Petra Andalee, a quien le encantaba escribir, había dicho que sí. Los chicos como Calder, que la odiaban, habían dicho que no. ¿Y qué pasaba con los números? ¿Y con los dibujos? ¿Y con la vieja y simple conversación?

La señorita Hussey les había dicho que investigaran, y ellos sacaron montones de libros de la biblioteca, en los que descubrieron detalles sobre el arte rupestre en Francia, los rollos de papiro egipcios, los petroglifos mayas de México y las tablillas de piedra de Oriente Medio. También hicieron cosas: elaboraron sellos con patatas crudas, cubrieron las paredes de símbolos e inventaron una lengua de signos con las manos y los pies. Durante un día se comunicaron sólo mediante dibujos. Ya estaban a mediados de octubre. ¿Empezarían por fin a estudiar temas normales, como las otras clases? A Calder no le importaba. Lo que estaban haciendo eran experimentos reales, pensamiento de verdad, y no sólo lo que un montón de adultos famosos, ya muertos, habían pensado. La señorita Hussey era genial.

«M-U-E-R-T-A-S», había escrito la señorita Hussey en la pizarra.

Esa mañana hablaban de cartas porque Calder se había quejado de que tenía que escribir una nota de agradecimiento y decía que no era más que una pérdida de tiempo. A nadie le interesaba lo que se escribía en las cartas.

Entonces la profesora preguntó si alguien de la clase había recibido una carta realmente extraordinaria. Pero nadie la había recibido. La señorita Hussey parecía muy interesada, y había acabado por asignarles una extraña tarea.

—A ver qué averiguamos —les dijo—. Preguntadle a un adulto por una carta inolvidable. Me refiero a un mensaje de correo que haya cambiado su vida. ¿Cuántos años tenía cuando lo recibió? ¿Dónde estaba cuando lo abrió? ¿Lo conserva?

A Petra le fascinaba la nueva profesora, igual que a Calder. Le encantaban las preguntas de la señorita Hussey, su larga coleta y que llevase tres pendientes en cada oreja. Uno era una perlita que colgaba de una luna, otro un zapato de tacón del tamaño de un grano de arroz y el tercero una llave minúscula. A Petra le gustaba la atención con que escuchaba las ideas de los niños y que le diese igual que las respuestas fuesen correctas o no. Era sincera e impredecible. Resultaba casi perfecta.

De repente, la señorita Hussey dio unas palmadas que hicieron que Petra se sobresaltase y pusieron en órbita la perlita del pendiente.

—¡Ya lo tengo! Cuando encontréis una carta que haya cambiado la vida de alguien, sentaos y escribidme vosotros una.. Escribidme una carta que no pueda olvidar.

La mente de Petra trabajaba ya a toda velocidad.

Calder sacó una pieza de pentominó del bolsillo. Era una L. Sonrió: L de letra… Aquella letra no estaba muerta. La L era una de las figuras de pentominó más sencillas. Calder se dio cuenta de que la mayoría de las cartas, del tipo de las que se echan al correo, eran rectangulares, igual que el resultado de un juego de pentominós cuando encajan todas las piezas. La L es también la duodécima letra del alfabeto y uno de los doce pentominós. Era el 12 de octubre. La abuela de Calder le había dicho en una ocasión que él respiraba pautas como otra gente respiraba aire.

Calder lanzó un suspiro. Ojalá los pensamientos no tuviesen que descomponerse en palabras. Le costaba escuchar una conversación demasiado larga y escribir le parecía un proceso brutal. Se quedaban muchas cosas en el tintero.

La señorita Hussey terminó la clase diciendo:

—¿Entendido? Primero encontradla, y luego escribidla. ¿Quién sabe hasta dónde podemos llegar?

Calder y Petra vivían en Harper Avenue, una calle estrecha situada junto a las vías del tren. Sus respectivas casas estaban a tres manzanas de la Escuela Universitaria, y a tres casas de distancia. Solían encontrarse en la calle, pero nunca habían sido amigos.

Personas de todas partes acudían a estudiar o a dar clase en la Universidad de Chicago, y eran muchos los que vivían en aquella zona de Hyde Park. Como la mayoría de los padres trabajaban, los niños se desplazaban solos por el campus para ir al colegio.

El 12 de octubre por la tarde Petra regresaba a su casa, y Calder caminaba media manzana por delante de ella. La muchacha vio cómo él buscaba la llave y abría la puerta de su casa. Petra sabía que Calder llevaba los bolsillos llenos de piezas de rompecabezas; a veces murmuraba cosas y parecía como si acabara de despertarse. Era un poco rarito.

Mientras avanzaba entre las primeras hojas del otoño, Petra se concentró en el juego con el que solía entretenerse: hacer una pregunta que no tuviese respuesta. Se preguntaba por qué el amarillo resultaba alegre y era siempre una sorpresa, aunque fuera en algo tan corriente como un limón o una yema de huevo. Tomó una hoja amarilla del suelo y se la puso delante de la cara.

A lo mejor escribía a la señorita Hussey sobre aquello. Le preguntaría si también ella pensaba que los seres humanos necesitan más las preguntas que las respuestas.

En ese momento Calder miró por la ventana y vio a Petra caminando con una hoja delante de las narices. Él sabía que era un poco rarito, pero Petra sí que era rara de verdad. En el colegio siempre estaba sola, lo cual no parecía importarle demasiado, se callaba cuando los demás gritaban y, para colmo, llevaba un horrible peinado triangular que le daba todo el aspecto de una reina egipcia.

Calder se preguntó si él también estaría convirtiéndose en un chiflado. Nadie le había preguntado qué haría después de clase. Nadie le había pedido que lo esperase. Había dado por sentado que siempre tendría a su amigo Tommy. Hasta entonces.

Tommy Segovia había vivido enfrente de su casa hasta el mes de agosto. Eran muy amigos desde aquel día de segundo curso, cuando Tommy había derramado leche con cacao sobre las piernas desnudas de Calder y le había dicho que lo sentía mucho. Enseguida se presentó una profesora, pero Calder le dijo que se trataba de un experimento y que se encontraba perfectamente. Aquélla fue la primera de un montón de colaboraciones.

En julio, Tommy y él habían decidido no convertirse en chicos mediocres; juraron hacer cosas importantes en la vida: resolver un gran misterio, salvar a alguien o ser muy inteligentes para poder aprobar varios cursos de golpe. Aquel mismo día Calder recibió su primer juego de pentominós. Una prima de Londres se lo mandaba como regalo por su duodécimo cumpleaños, aunque en realidad Calder había nacido a finales de año.

Los pentominós eran de plástico amarillo y resonaron sobre la mesa de la cocina de forma resuelta y satisfactoria. Con gran decisión, Calder movió las figuras combinándolas de diversas maneras, las invirtió y las puso boca abajo. El rectángulo más grande que consiguió construir en ese momento tenía seis piezas. Por la puerta de atrás se colaba la brisa, y unas tristes palomas que habían anidado en el porche zureaban, produciendo aquel sonido escurridizo y bur-

bujeante que Calder asociaba con los veranos de su barrio. Recordaba con increíble claridad todos los detalles de aquella mañana que había pasado con Tommy.

Calder siguió jugando y enseguida logró encajar las doce piezas por primera vez. Después, cuando alzó la vista, vio que las figuras de los pentominós se reproducían por toda la cocina: los goznes de los armarios tenían forma de L, los grifos del agua, de X, los quemadores de la cocina se erguían sobre patas en forma de N. Cabía la posibilidad de que el mundo entero se comunicase mediante un código de pentominós, algo parecido al código morse. Fue entonces cuando supo que se le daría muy bien resolver enigmas. O al menos eso le dijo a Tommy, que le dio un puñetazo en el brazo y replicó que era un creído. «Sí, ¿qué pasa?», respondió él con una media sonrisa.

Calder, sin embargo, no estaba tan seguro de sí mismo en aquellos momentos. Miró el reloj. Ya era tarde. Cuando Tommy se había mudado, Calder se había hecho cargo de su trabajo en la librería de segunda mano Powell's, donde echaba una mano una tarde a la semana repartiendo libros en el barrio y descargando cajas. Tras la marcha de Tommy, al menos tenía algo que hacer.

Calder se bebió de un trago un vaso de leche con cacao, se llenó la boca de galletas y salió a todo correr.

La librería Powell's era uno de los lugares favoritos de Petra: resultaba tranquilo y nunca sabías lo que podías encontrar. Parecía un almacén más que una tienda: había libros apilados por todas partes, y las salas se mezclaban de cualquier manera. Aunque Petra había entrado muchas veces, siempre se sentía como en un laberinto: una zona débilmente iluminada conducía a otra, y de pronto volvías al principio sin saber cómo. Nadie te ofrecía ayuda, y tampoco ponía mala cara si leías y no comprabas.

La madre de Petra la había mandado a comprar pan y leche en el ultramarinos de la esquina, y la librería Powell's quedaba de camino.

La chica acababa de sentarse en un escabel con un ejemplar de *Secuestrado* cuando vio ondear una larga coleta.

¿La señorita Hussey?

Petra se levantó con gran sigilo y miró por el rabillo del ojo, dispuesta a hacerse la sorprendida, pero no vio a nadie. Pasó la vista por hileras de libros de cocina, se dirigió de puntillas a la sala contigua y pasó ante los libros de historia inglesa, psicología y animales de compañía. Quería saber qué estaba leyendo la señorita Hussey.

Pero ¡caramba!, a quien vio fue a Calder, que estaba inclinado sobre una caja de libros con una hoja en la mano. «No te vuelvas, que no se te ocurra girarte», pensó Petra. No quería que nadie de su clase la descubriera espiando.

Dobló la esquina de puntillas y entonces vio que la señorita Hussey estaba agachada junto a los libros de arte. Petra no distinguía lo que la profesora estaba mirando, pero se fijó en que a su lado, en el suelo, había varios libros: Agatha Christie, Raymond Chandler... La señorita Hussey se movió de pronto, y Petra retrocedió de un salto.

Se quedó muy sorprendida cuando encontró a Calder detrás de ella. Evidentemente, él la había visto. Petra hizo un rápido gesto con la mano, como si quisiese taparle la boca, pero se detuvo sin llegar a tocarlo. Los dos parecían igual de asombrados. Calder, que fue el primero en reaccionar, asomó la cabeza por la esquina para ver qué pasaba, y retrocedió al instante.

—¡Ahí viene!

Era demasiado tarde para inventar algo. Tenían que esconderse; salieron a toda prisa de la sección de Historia y se colaron en la de Ficción. La señorita Hussey estaba ya en el mostrador de recepción, sobre el que dejó caer los libros, y hablaba con el señor Watch, un hombre que llevaba tirantes rojos y se encargaba de la caja registradora. Se estaban riendo. ¿Acaso se conocían?

—¿Ves lo que lleva? —murmuró Petra.

Calder pasó a toda prisa por detrás de la profesora, con los ojos fijos en el mostrador. La señorita Hussey nunca volvía la cabeza.

—Novelas de intriga y un libro grande de arte con la palabra «hola» en la portada —le respondió a Petra en un susurro cuando volvió a su lado.

La profesora salió de la librería con sus compras. Poco después, Petra se escabulló con las manos vacías y las mejillas ardiendo.

Estaba furiosa consigo misma.

La librería Powell's era su escondite secreto, su refugio. Pero había hablado con Calder, prácticamente lo había asaltado, y él la había sorprendido espiando a la señorita Hussey.

¿Qué acontecimientos habría desencadenado?

3

Perdidos en el arte

Veinte minutos más tarde, Petra abría el cuaderno en la mesa de su habitación. Cartas. Pensar en cartas.

El tren de las 17.38 que se dirigía al sur pasó por delante de la ventana de Petra exactamente tres segundos antes que por la de Calder. En medio estaban los Castiglione y los Bixby. En una ocasión, Petra había calculado que el tren tardaba un segundo en pasar ante cada una de las casas de Harper Avenue. Le gustaban los trenes. Al mirar por la ventana vio la mancha alegre de un sombrero rojo, un niño con una chaqueta morada apoyado en la ventanilla, y una cabeza calva que destacaba sobre el tieso rectángulo de un periódico. Petra se había fijado en que los colores dejaban formas tras de sí cuando las cosas pasaban tan veloces.

A continuación escribió:

12 de octubre
    Hoja amarilla: sorpresa.
    Sombrero chillón, chaqueta de cuadros, cabeza calva como la luna: rojo, lavanda, salmón.
    Pregunta: ¿qué quiere que veamos la señorita Hussey?

—¡Petraaa! ¿Me traes papel higiénico?

—¡Ya voy! —Petra soltó un profundo suspiro y se levantó para atender a su hermana pequeña.

El hogar de Petra era un tornado donde la vida giraba en ruidosos círculos. Zapatillas, libros y mochilas surcaban

31

las habitaciones movidas por corrientes invisibles, los restos de comida se pegaban a los pies, y siempre había una o dos sartenes viejas en la escalera de la puerta de atrás. Los perros y los gatos bebían en los lavabos tras haber abandonado toda esperanza de encontrar agua en los bebederos, y en aquella familia todos hablaban a voz en cuello.

A Petra le habría gustado que las cosas fueran diferentes. Ojalá sus padres se sentasen a cenar tranquilamente y le preguntasen cómo le había ido el día, y ojalá sus cuatro hermanos pequeños llevaran pañuelos de papel en vez de limpiarse los mocos con las mangas en público. Le habría gustado no ser tímida, no tener el tipo de una alubia y que su oreja izquierda no sobresaliese más que la derecha. Ojalá fuese ya una famosa escritora sin tener que atravesar la fase del anonimato. Ojalá su madre no le pusiese puré de berenjenas con ajonjolí en la fiambrera. Cuando Denise Dodge se le había acercado a la hora de comer y había dicho: «¡Uff! ¿Qué es eso?», Petra habría querido matarla allí mismo, pero se había conformado con responder patéticamente: «¡Mejor que no lo sepas!» Al marcharse, Petra oyó que Denise le decía a su amigo: «¡Puaj! ¿A que te alegras de no tener que comer porquerías de bebés?»

Otra cosa que no le gustaba nada era la cesta de los calcetines de la familia: siempre acababa con un calcetín demasiado grande o demasiado pequeño. Como nadie quería ordenar los calcetines limpios que calzaban catorce pies todas las mañanas, los calcetines iban directamente de la secadora a una enorme cesta trenzada a mano, y cada cual buscaba los suyos. Todos los otoños la madre de Petra compraba calcetines del mismo color para los siete miembros de la familia, así que, en teoría, siempre había una talla que quedaba bien. Pero en la familia Andalee la realidad no era tan bonita.

Como muchos niños de Hyde Park, Petra era una mezcla de culturas. Su padre, Frank Andalee, tenía familia en el norte de África y en el norte de Europa, y su madre, Norma Andalee, era de Oriente Medio. Petra no se obsesionaba pensando a qué grupo racial pertenecía; hacía mucho tiempo que su familia no se ocupaba de esas cosas.

Sabía que, durante generaciones, en la familia de su madre a la primera niña se le ponía el nombre de Petra.

También sabía que Petra era el nombre de una antigua ciudad de Jordania, una ciudad refinada y preciosa que había surgido en el desierto hacía dos mil años. Tres cuartas partes de sus ruinas seguían cubiertas de arena arrastrada por el viento. A la chica le gustaba la idea de que le hubiesen puesto el nombre de un lugar misterioso y lleno de secretos enterrados.

La última «primera hija» había sido su abuela, que vivía en Estambul. Dos años antes, cuando había ido a Chicago, le dijo a Petra que todas sus tocayas habían sido mujeres muy bellas y afortunadas. La joven Petra había mirado con cierta desconfianza a su abuela, que tenía bigote, estaba medio calva y era incapaz de encontrar nada, por ejemplo, las zapatillas, el lápiz de ojos negro e incluso el cuarto de baño.

El glamour debía de haber sido más fácil de conseguir en el pasado. Petra estaba segura de que ninguna de las Petras precedentes había tenido que llevar gafas de cristales gruesos con una montura de puntitos azules y morados. Y ninguna había tenido que devanarse los sesos pensando qué sería lo primero que pisaría por la mañana: zumo de arándanos reseco, un dragón de plástico o algo que había soltado el perro.

Cuando iba a buscar el papel higiénico, tropezó con un soldado sin cabeza. Se lo tenía bien merecido por haber espiado a la señorita Hussey.

Luego oyó cómo sus padres discutían en el piso de abajo.

—Pero ¡todo el mundo tiene algo que ocultar! —decía su padre muy enfadado.

Era físico en la universidad, y Petra sabía que estaba preocupado por su trabajo. Oyó a su madre decir algo en tono impaciente, y luego las palabras «carta» y «olvidada», y el ruido fugaz y áspero de un papel hecho pedazos. ¿Qué pasaría? Sus padres casi nunca se enfadaban.

¡Una carta olvidada! No iba a llevar a la escuela un secreto familiar, pero tenía que investigar. Sin embargo, cuando más tarde se deslizó escaleras abajo, encontró el cubo de la basura vacío.

• • •

Calder estaba de mal humor. La tarea de la carta le parecía demasiado difícil. ¿Cómo se las arreglaría para escribirle una carta inolvidable a la señorita Hussey? ¿Y dónde encontraría una carta extraordinaria una vez muerta la abuela Ranjana? Ya no se escribían cartas bonitas. Estaba seguro.

El padre de Calder, Walter Pillay, estaba en la cocina cortando una berenjena. Tras apilar cuidadosamente las finas rodajas junto a la sartén, echó un vistazo a su hijo. Éste dibujaba con saña, en el margen inferior de su libreta, una columna compuesta por cuadrados formados con cinco piezas de pentominó.

—¿Algún problema? —le preguntó su padre.

Calder abrió la boca en el momento en que pasaba el tren de las 17.38, que hizo traquetear las ventanas, retemblar el suelo de madera y atronó la cocina con el típico ruido ensordecedor que produce el paso de una gran máquina de acero. Calder esbozó con la boca un «nada»; su padre le sonrió y le respondió con otra mueca que significaba «bien».

Como Petra, Calder era también producto de la mezcla. Su padre era de la India y hablaba con un tono sereno que hacía que todo pareciese muy importante. Trabajaba diseñando jardines urbanos. Todos los años llevaba a casa un lote nuevo de plantas que ponía a prueba en el patio, y en agosto el sendero de la entrada había desaparecido bajo una maraña verde. Ese año una trompeta trepadora se inclinaba con entusiasmo hacia un fresco lirio, hojas puntiagudas pugnaban por subir los escalones y rojos amoratados y sangrientos peleaban, chillones, entre sí. Era un patio estupendo para esconder cosas.

La madre de Calder, Yvette Pillay, tenía el pelo corto de color albaricoque y una risa melodiosa que hacía reír a los demás sin saber por qué. Era canadiense y daba clases de matemáticas en la universidad.

Calder nunca los había visto asombrados tras abrir la correspondencia. De pronto, se hartó de todo el asunto. No le apetecía saber nada de cartas. Si les preguntaba a sus padres, seguramente le contarían un montón de cosas. Eso era lo malo de ser hijo único: los padres te prestan demasiada atención. Envidiaba a los chicos cuyas familias se olvidaban de ellos de vez en cuando.

• • •

A la mañana siguiente, mientras recorría la manzana, Calder revolvió los pentominós que llevaba en el bolsillo y sacó una P.

Casualmente, Petra caminaba delante de él, y se le ocurrió que el día anterior había estado bastante torpe por empeñarse en seguirla y estropear su aventura.

Se escabulló por un pasadizo y se deslizó a través de una serie de patios traseros: pasó bajo una mata de lilas, junto a una vieja barca y sobre dos setos. La única vía de salida era un parterre de frambuesas. Lo atravesó gritando de dolor y aterrizó en la acera, delante de Petra.

—¡Uf, me has asustado!

—Lo siento —dijo Calder, haciéndose el sorprendido—. Tú también me has asustado a mí.

Ella no pareció muy convencida.

—¿Qué estabas haciendo?

—Oh, Tommy y yo siempre tomábamos este camino para ir al colegio... —Sintió un escozor en la mejilla y se limpió unas gotas de sangre. Bueno, aquella conversación no iba por la senda que él había planeado, así que caminaron en silencio varios minutos.

—¿Sabes algo de Tommy? —le preguntó Petra al fin, aunque apenas había intercambiado una palabra con él.

—Poca cosa.

Calder se estrujó los sesos buscando algo que decir, pero todo lo que se le ocurría sonaba estúpido. Iba a contarle que en el nuevo barrio de Tommy todos los chicos llevaban el pelo al rape, pero era una tontería. Mientras tanto, sus pentominós resonaban al entrechocar.

—Oye, ¿qué te parece la señorita Hussey? Nos manda cosas guay, ¿no? Bueno... guay para lo que hay.

Petra, avergonzada tras el involuntario y penoso pareado, miró de reojo a Calder para comprobar si se había dado cuenta. El chico llevaba un zarcillo de frambuesa enganchado en una oreja, que le daba el aspecto de una abeja con las alas torcidas. Petra seguía diciendo tonterías, pero esperaba que Calder captase el mensaje: no había por qué mencionar lo ocurrido en la librería Powell's el día anterior.

Calder se preguntaba si a Petra le interesarían los pentominós y los rompecabezas. ¿Sabría ella qué llevaba él en el
bolsillo? Ni hablar. Si se lo preguntaba, parecería que quería
pavonearse. Se fijó en que Petra tenía un par de granos de
arroz hinchado pegados al pelo, pero decidió no decir nada.

Cuando llegaron al colegio, los dos estaban hartos de
pensar en algo que decir para no decir lo que pensaban realmente.

Los cereales y el zarcillo seguían en sus respectivas cabezas cuando por fin tomaron direcciones opuestas para di-
rigirse a sus taquillas.

La señorita Hussey, curiosamente, parecía encantada de
que la tarea hubiese sido un fracaso.

Tras dos días de pesquisas, nadie se había presentado
en clase con algo que mereciese la pena. Había varias cartas
sobre la muerte de parientes lejanos, admisiones en la escuela o en un trabajo e invitaciones de boda.

La señorita Hussey les sugirió que retrocediesen algunos siglos.

—¿Algo así como buscar viejos libros de cartas y cosas
por el estilo? —preguntó Petra, pensando en la librería Powell's.

Hubo una oleada de murmullos.

—¿Y qué os parecen los cuadros? Lo único que tenéis
que hacer es mirar.

La señorita Hussey les dijo que se había fijado en que el
arte solía hacer ver a la gente lo que era importante en un
determinado momento. Revelaba cosas. Y además, comentó
con una sonrisa, estaba harta de pasarse todo el día en el colegio. Era hora de hacer una excursión educativa.

Todos se levantaron.

—Una cosa más —advirtió—. Recibir una carta inolvidable es algo que sólo ocurre una o dos veces en la vida, pero
escribir una carta inolvidable es una tarea muy difícil que
sólo realizan los que tienen algo auténtico que contar. No
puede ser artificial. Aunque tal vez me equivoque.

Siempre decía lo mismo después de exponer una idea,
siempre insinuaba: «Nos hemos metido en un asunto que
puede resultar peligroso.»

—¿Qué os parece? ¿Lo dejamos de momento?

Hubo silbidos y aplausos. Calder miró a Petra, que se encogió de hombros y esbozó una media sonrisa. Todos parecían aliviados. Daba la sensación de que en aquel curso iba a pasar algo fenomenal o tremendo, pero era imposible saber de qué podía tratarse.

El lunes siguiente tomaron el tren hasta el Instituto de Arte y caminaron varias manzanas bajo el sol de octubre. Era difícil mantener el enérgico paso de la señorita Hussey. A Calder le gustó que nunca se diese la vuelta para comprobar si todos la seguían: era una profesora confiada.

Después de comerse lo que llevaban en las bolsas junto a los leones de bronce que había en la escalinata del museo, entraron en el ala de arte europeo.

Petra se fue por su cuenta. Pasó ante las bailarinas de Degas —un gran cuadro hecho a base de puntitos—, los pajares y los puentes de Monet, y se dirigió hacia las obras más antiguas.

Cuando estaba en tercero, tenía una canguro que la llevaba al Instituto de Arte una vez al mes. La canguro se sentaba frente a un cuadro, suspiraba muchísimo y a veces tomaba notas. Le decía a Petra que se quedase en la sala y que no la molestase.

Petra daba vueltas y miraba. Enseguida empezó a preguntarse en qué cuadros sería divertido entrar o cuáles le gustaría llevarse a casa y poner en su habitación, o con cuál de los niños de los cuadros le gustaría jugar. Un día, la canguro le dio un cuaderno y un lápiz y Petra empezó a hacer listas. En una ocasión contó todos los cuadros en los que había ropa de color rojo. Otra vez contó en secreto todos los traseros desnudos que vio. También contó todos los sombreros, que eran ciento veintitrés.

En aquella visita recorría despacio las salas, sin soltar su carpeta. Estaba segura de que había una carta en alguna parte, junto a un ángel... ¿O estaba enrollada en la mano de alguien? Tenían una hora para mirar, y Petra sabía que iba a encontrar algo.

Cuando Calder vio que Petra se escabullía, decidió seguirla.

El chico se mantenía a una galería de distancia y estaba tan abstraído intentando que Petra no lo descubriese que apenas se fijaba en lo que había en las paredes. Luego, de repente, Petra desapareció.

Calder recorrió despacio las dos galerías siguientes. Se estaba haciendo tarde. Sería mejor que se pusiera a buscar algo para su trabajo.

Al doblar una esquina encontró algo prometedor. Estaba sobre una mesilla, en un cuadro francés de un artista que se llamaba Auguste Bernard. Era de 1780. Calder echó un vistazo a su alrededor; estaba solo. Se apoyó en la pared que había frente al cuadro y se puso a tomar notas con aire muy serio.

La carta estaba doblada, pero tenía un lacre rojo roto. Calder sabía que eso significaba que había sido abierta. La mujer que estaba junto a la carta tenía los ojos en blanco y llevaba un vestido ridículamente pequeño por la parte de arriba. Calder se concentró en la mesilla, en la que también había un collar de cuentas y un libro con palabras en francés, *L'Art D'Aime*. Estaba copiándolas cuando la pared en la que se apoyaba se movió.

—¿Qué narices…? —Calder cruzó tambaleándose el umbral de una oscura puerta y tropezó con los pies de alguien.

La persona lo empujó con fuerza. Luego, ambos regresaron a la claridad de la galería. Un vigilante avanzó a grandes zancadas y agarró a Calder por un codo.

—«Prohibido.» ¿No sabes leer? —Calder, demasiado aturdido para contestar, se giró para ver quién le había dado el empujón.

—¿Qué hacías ahí dentro? —susurró Petra.

—¿Y tú qué? —le espetó Calder.

El vigilante, un hombre que parecía un salchichón, cruzó los brazos.

—Es un almacén cerrado al público. Por cierto, ¿dónde está vuestro grupo?

Calder y Petra caminaron en silencio a ambos lados del salchichón hasta que llegaron al lugar en el que la señorita Hussey hablaba con unos compañeros de su clase.

—Ahora se convertirá en una profesora normal —murmuró Calder detrás del vigilante.

Petra lo miró con un centelleo en los ojos y una fugaz expresión que quería decir: «Ya veremos.»

—¿Es usted la responsable? He encontrado a estos dos en el almacén.

La señorita Hussey parecía sorprendida, pero no alarmada. Los alumnos que la rodeaban soltaron unas risitas tontas. Petra y Calder estaban avergonzados.

—Gracias —le dijo la señorita Hussey al salchichón, dando a entender que la conversación había terminado.

Cuando el vigilante se alejó, la señorita Hussey dedicó una cálida sonrisa a Calder y Petra, mirando primero a uno y luego a otra.

—Buena idea. ¿Habéis encontrado algo?

Cuando Denise se cambió de asiento en el tren, un trozo de papel cayó sobre el regazo de Petra:

CALDER Y PETRA ABSORTOS EN EL ARTE.
¡UN BESO PRIMERO Y LUEGO UN PEDO!

Petra sacudió el papel y lo tiró al suelo, confiando en que Calder no lo viese. ¿Por qué sus compañeros eran tan estúpidos a veces?

Cuando todos bajaron del tren en la calle Cincuenta y siete, era demasiado tarde para volver al colegio. La señorita Hussey les dijo adiós con la mano, y Calder y Petra se dirigieron, incómodos, hacia Harper Avenue.

—Hasta luego —murmuró Petra por encima del hombro tras apretar el paso y subir zumbando las escaleras del porche.

—¡Petra!

—¿Qué? —preguntó ella dándose la vuelta.

—¿Qué hacías allí dentro?

—Mirar. La mayoría de los museos tienen demasiadas cosas y no pueden colgarlas todas. Así que si algo no está colgado, tiene que estar metido en un armario.

—Claro. Supongo que la señorita Hussey piensa que sería genial encontrar una carta en un lugar prohibido... —dijo Calder.

—Ese comentario no es muy amable. ¿No te cae bien la señorita Hussey?

Calder empezó a juguetear con los pentominós que llevaba en el bolsillo.

—Sí que me cae bien.

Petra lo miró con curiosidad y luego replicó:

—Me tienes envidia.

—¡Nada de eso!

—Admítelo —dijo Petra con una sonrisa.

—Bueno, sólo por lo de la idea del almacén.

El rostro de Petra se volvió inexpresivo.

—Ya —repuso, y luego desapareció.

¿Qué había pasado? Calder sacó un pentominó y lo lanzó al aire.

—I de idea —dijo en voz alta.

¿O era I de idiota?

4

La mentira de Picasso

A la señorita Hussey le brillaban los ojos de forma especial a la mañana siguiente.

Reconocía que la visita al museo no había dado los frutos esperados. Habían encontrado tres manuscritos religiosos y la carta con el lacre rojo, pero nada más. Sin embargo, la señorita Hussey dijo que se lo había pasado muy bien durante la búsqueda, y no parecía decepcionada en absoluto.

—¿Sabéis? A uno de mis pintores favoritos le interesaban mucho las cartas y les dio un papel importante en varios cuadros. Tal vez por eso pensé que encontraríamos más. Es curioso cómo nos imaginamos las cosas. Bueno, ¿y ahora qué? —Cambió de tema, y su voz sonó de repente muy seria—. ¿Hemos llegado a alguna conclusión sobre la comunicación?

Petra levantó la mano.

—Quizá sea difícil de estudiar. ¿Y si nos centramos en algo que tenga más relación con el arte? —Le gustaba explorar el Instituto de Arte. Estaba segura de que podía encontrar otro asunto que mereciese la pena investigar.

—A mí me parece que muchos de los cuadros eran bastante desagradables —intervino entonces Denise—. Me refiero a que había un montón de sangre y cosas violentas, gente gorda desnuda, o vestida... con trajes aburridísimos. Bueno, yo ni loca viviría con cuadros así.

Hubo un murmullo de asentimiento, y Denise respiró muy contenta.

—No creo que tengas que hacerlo, Denise —respondió la señorita Hussey sin alterarse, con los brazos cruzados.

Luego se quedó quieta y miró al techo. Como no se movía, el aula permaneció en silencio.

—¿Sabéis una cosa? —dijo al fin—. Picasso decía que el arte es una mentira, pero una mentira que nos cuenta la verdad. —Se había puesto a caminar—. Mentiras y arte... Es un viejo dilema. Por tanto, si nos centramos en el arte —hablaba lentamente—, tenemos que averiguar antes otra cosa: ¿qué es lo que convierte un objeto en una obra de arte?

Denise puso los ojos en blanco, pero permaneció callada.

—Esto es lo que quiero que hagáis: empezaréis por elegir un objeto que haya en vuestra casa y que os parezca una obra de arte. Puede ser cualquier cosa. No le pidáis consejo a nadie; tiene que ser idea vuestra. Después describidnos ese objeto sin decirnos qué es. Y esta vez no os libraréis. —Sonrió—. Leeremos algunas de vuestras ideas en voz alta.

Calder se preguntaba qué había querido decir Picasso. ¿Sería que el arte no era exactamente el mundo real, pero expresaba algo real?

Se le ocurrieron otras combinaciones de arte, mentira y verdad que tenían sentido. Era casi como los encajes lógicos de los cinco cuadrados que componían cada pieza de su juego de pentominós. ¿Qué tal si el arte era una verdad que contaba una mentira? Tal vez la vida entera consistiese en reorganizar unas cuantas ideas simples. Calder se retorció en la silla mientras sonreía al encerado, lleno de emoción ante su ocurrencia. Si pudiese retener aquellas sencillas ideas, con un poco de práctica se convertiría en una mezcla de Einstein y el matemático Ramanujan, o tal vez Benjamin Franklin.

—¿Calder?

Se había sentado de lado, con un brazo sobre la cabeza. Los pentominós cubrían toda la mesa. Calder se los guardó a toda prisa en el bolsillo, pero uno cayó al suelo.

—Calder, ¿querías decir algo? Parecía que tenías la mano levantada —dijo la señorita Hussey.

—Sólo estaba pensando. Ya sabe, en lo que dijo Picasso. Pero aún sigo pensando —concluyó.

Hubo un rumor de risas burlonas de sus compañeros de clase, y Calder sintió que le ardía la nuca. Ojalá Tommy hubiese estado allí; le hubiese pegado un codazo a tiempo que le habría evitado el ridículo.

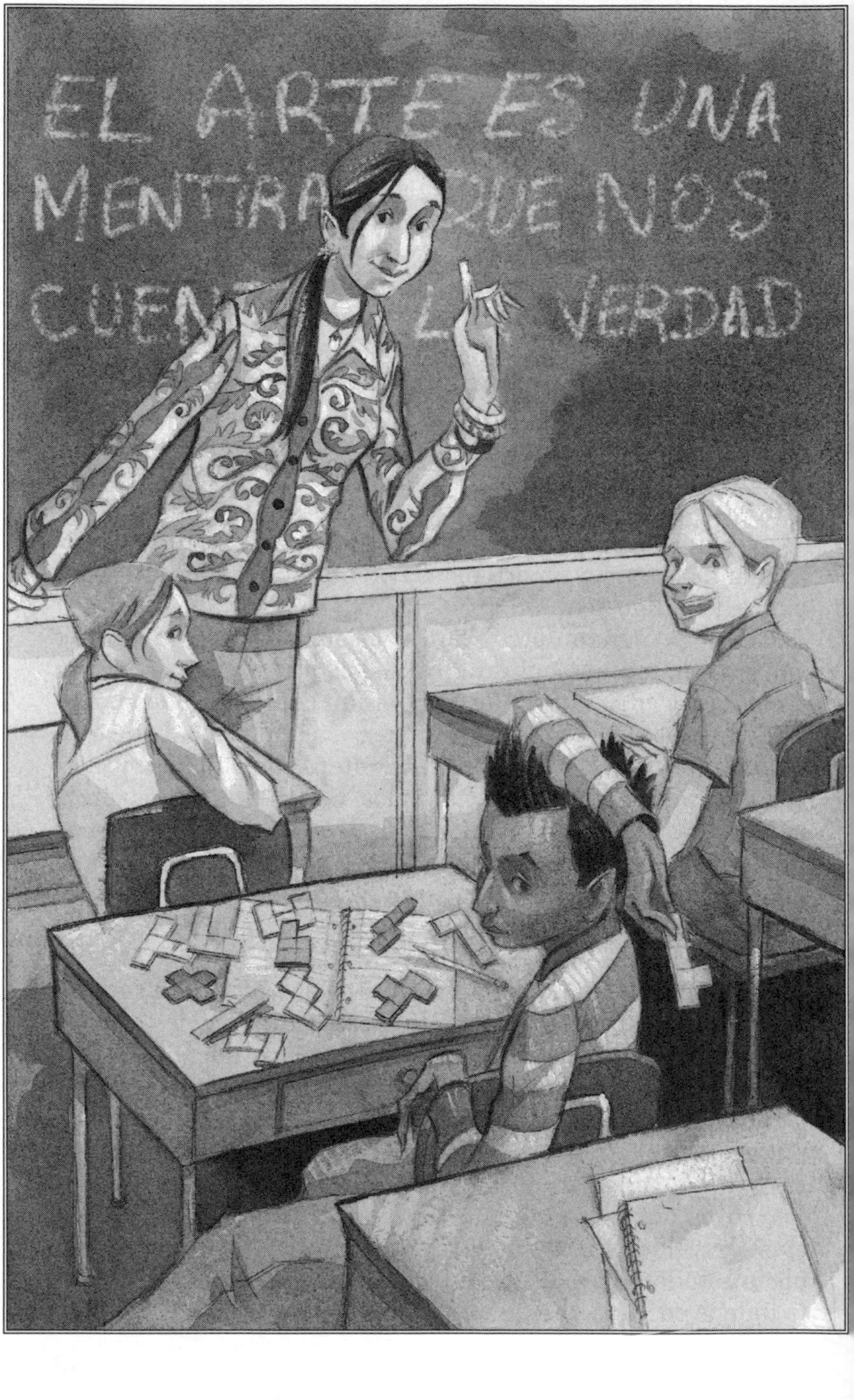
EL ARTE ES UNA
MENTIRA QUE NOS
CUEN
VERDAD

En ese momento sonó el timbre. Denise pisó la pieza del pentominó de Calder en el preciso instante en que él se agachaba para recogerla, y la chica le dio un golpe con una rodilla en la oreja.

—¡Aaay! ¡Es una pena que haya pisado tu juguetito! —La chica se rió y arrastró con el pie la pieza de plástico, que fue a parar bajo la mesa de la señorita Hussey.

—La pena es que tengas los pies tan grandes —Calder oyó que Petra murmuraba detrás de él. Como no estaba seguro de haber oído bien, se volvió para buscar a su vecina, pero ésta se había ido.

Calder buscó a tientas el pentominó mientras la profesora borraba el encerado. Quería contarle a la señorita Hussey que había estado pensando en cosas importantes, pero no sabía cómo explicarlo.

La señorita Hussey se volvió hacia él con una sonrisa.

—Te entiendo, Calder. Yo también me sumerjo en mis pensamientos de vez en cuando. A lo mejor un día digo que escribamos lo que soñamos despiertos durante una semana, a ver qué sale. Tal vez entonces las ensoñaciones nos parezcan mucho más importantes que lo que yo creo que debemos hacer.

Calder asintió agradecido. La señorita Hussey era de lo mejorcito.

Cuando recogió la pieza de pentominó, se fijó en que tenía forma de T. ¿T de qué? Tribulación… pero ¿por qué tribulación?

En su casa no había nada parecido a una obra de arte.

Petra pensó en una almohada bordada, pero tenía un desgarrón; encontró una cometa de seda en forma de oruga, pero le faltaba un ojo; se acordó del pasador que utilizaba su madre cuando se peinaba con moño, recubierto de ámbar, pero había desaparecido días atrás.

Y de todas formas, ¿qué era el arte? Cuanto más lo pensaba, más raro le parecía. ¿Qué hacía que un objeto inventado se convirtiese en algo especial? ¿Por qué los seres humanos hacían cosas agradables y otras que no lo eran? ¿Por qué no eran objetos de arte un cuenco corriente, una cuchara o una bombilla? ¿Qué sucedía para que unas cosas fuesen a parar a los museos y otras a la basura?

Se le ocurrió que la mayoría de las personas que iban a los museos no se hacían esas preguntas. Se limitaban a creer que estaban contemplando algo valioso, bonito o interesante. No se devanaban los sesos pensando.

Pero ella no se convertiría en una persona así, jamás.

Pensó en los cuadros del Instituto de Arte que le producían la sensación de que podía prescindir de todas las cosas previsibles. Siempre experimentaba esa sensación ante el cuadro de Caillebotte titulado *Día lluvioso*: los adoquines mojados, las mujeres y los hombres que caminaban con faldas largas y sombreros de copa, respectivamente, la sugestiva curva de la calle... Eso era arte y aventura; la llevaba a otro mundo, y hacía que las cosas conocidas le resultasen misteriosas. Volvía a su vida de siempre sintiéndose un poco distinta, al menos durante unos minutos.

Petra seguía pensando en la calle de París del cuadro de Caillebotte mientras iba al ultramarinos. ¿Si Caillebotte hubiese pintado Harper Avenue, habría parecido igual de fascinante? Cuando llegó a la esquina, se fijó en que el hombre que llevaba tirantes, el que había hablado con la señorita Hussey, salía por la puerta de la librería Powell's, echaba un vistazo a su alrededor y tiraba un libro en una caja que había fuera. La chica apretó el paso.

La cubierta de tela del libro tenía manchas oscuras y el papel era de color crema y grueso, con los bordes desgastados. El título le llamó la atención: *¡Mira!* Las ilustraciones, que incluían figuras distorsionadas, elásticas, abrazadas o gritando, eran en blanco y negro.

Petra leyó algunos párrafos:

Caballos aterrorizados, erguidos sobre las patas traseras, alzaban las pezuñas entre una tormenta de ranas.

Gacelas enloquecidas brincaban, desesperadas, entre las ranas que les hacían cosquillas.

Los tenderos de Londres miraban boquiabiertos las ranas que golpeaban los cristales de sus escaparates.

Debemos deducir que hay una existencia en esas ranas.

Los sabios lo han intentado por otros caminos.
Han tratado de comprender nuestra existencia re-
curriendo a las estrellas, al arte o a la economía.
Pero si hay una identidad que subyace en todas las
cosas, no importa por dónde empecemos, da igual
que sea con las estrellas, las leyes de la oferta y la
demanda, las ranas o Napoleón Bonaparte. Para
medir un círculo, se puede empezar por cualquier
parte.

He recopilado 294 casos de lluvias de seres vi-
vos.

¿Cómo? Petra miró las primeras páginas del libro y vio
que lo había escrito en 1931 un hombre que se llamaba Charles Fort.

Luego se metió el libro bajo el brazo.

5

Gusanos, serpientes y caracoles de mar

Aquella noche, mientras hojeaba ¡Mira!, Petra se sentía cada vez más asombrada. Nunca había visto un libro parecido. Lo primero que llamaba la atención era que estaba salpicado de citas de revistas y periódicos de todo el mundo: citaba el *London Times*, el *Quebec Daily Mercury*, el *New Zealand Times*, el *Woodbury Daily Times*, el *New York American*, la *Gentleman's Magazine*, el *Ceylon Observer*... Y la lista seguía y seguía.

Había cientos de historias sobre acontecimientos extraños, que en muchos casos se parecían: sobre los patios de Oxfordshire, en Inglaterra, habían caído serpientes venenosas; en Suecia, gusanos rojos y marrones se habían mezclado con los copos de nieve; sobre la carretera de los jardines de Cromer, en las afueras de Worcester, Inglaterra, habían caído del cielo kilos de caracoles marinos; luces deslumbradoras y parpadeantes se habían desplazado lentamente sobre campo abierto en Carolina del Norte y en Norfolk, Inglaterra. Habían aparecido animales salvajes en lugares insólitos. Algunas personas desaparecían y luego las encontraban muy lejos, desorientadas y confusas. Había choques y explosiones que no tenían explicación.

Al parecer, Fort se había pasado veintisiete años revisando antiguos periódicos en las bibliotecas, y había tomado nota de miles de artículos sobre sucesos inexplicables.

En la mayoría de nosotros habita la profunda convicción de que nunca ha habido una lluvia de seres

vivos. Pero a algunos las sorpresas... nos han ense-
ñado a desconfiar de muchas cosas de las que está-
bamos «absolutamente seguros»...

Petra leyó el párrafo dos veces y pasó unas cuantas páginas.

No conozco ninguna norma en cuestiones de reli-
gión, filosofía, ciencia, ni complicación de las tareas
domésticas, que no pueda ser moldeada para que se
ajuste a cualquier exigencia. Ajustamos las normas
a nuestras opiniones o quebrantamos una ley que
nos apetece quebrantar... Establecemos conclusio-
nes que son producto de la senilidad, la incompe-
tencia o la credulidad, y luego las convertimos en
premisas. Nos olvidamos de este proceso, y después
partimos de esas premisas pensando que empeza-
mos ahí.

A Petra le costaba trabajo entender aquel lenguaje y
tuvo que buscar las palabras «credulidad» y «premisas» en
el diccionario. Al leer cada frase por partes, comenzó a tener una idea de lo que Fort quería decir. El mundo cambia
completamente dependiendo de la forma en la que uno
mire las cosas. Fort pensaba que la mayoría de la gente hacía lo imposible para que todas las cosas encajasen de forma que resultasen comprensibles. En otras palabras, a veces las personas le daban la vuelta a lo que tenían delante
para que concordase con lo que ellos creían que debía estar allí, sin darse cuenta de lo que estaban haciendo. A la
gente le gustaba ver lo que pensaba que debía ver y encontrar lo que pensaba que debía encontrar. Era una idea
genial.
    Y seguía:

Véanse los periódicos de Londres, del 18 y el 19 de
agosto de 1921: el día 17, durante una tormenta,
aparecieron innumerables ranitas en las calles del
norte de Londres.

Más abajo decía:

Estas apariciones se han repetido... En el Daily
News londinense del 5 de septiembre de 1922 hay
un artículo sobre pequeños sapos que, durante dos
días, cayeron del cielo en Chalons-sur-Saône, en
Francia.

¿Sería cierto?

¿Por qué en la escuela no dedicaban más tiempo a estudiar cosas desconocidas o incomprensibles, en vez de insistir en cosas que ya habían sido descubiertas y explicadas? La señorita Hussey siempre les pedía que dieran ideas. ¿No sería estupendo profundizar en hechos extraños como había hecho Charles Fort, e intentar obtener un significado conjunto de acontecimientos que parecían no encajar?

¿Y por qué aquel libro no podía ser una obra de arte? Petra tomó su cuaderno y empezó a escribir:

Este objeto es duro por fuera y flexible por dentro.
Tiene el color de las frambuesas verdes y pesa lo
mismo que unos pantalones vaqueros. Huele a ar-
mario de casa vieja y su forma es antigua. Contiene
cosas que resulta difícil creer: hay criaturas vivas
que caen del cielo como la lluvia y objetos que flotan
por su cuenta; hay gente que se esfuma y reaparece.
Está hecho de sustancias que se cultivaron en
otra época, que se combaron al viento y sintieron el
fresco de la noche. Es más antiguo que los viajes a la
luna, los ordenadores, los equipos de música y la te-
levisión. Tal vez fuera nuevo en tiempos de nuestros
abuelos.

En la primera página había un nombre de mujer escrito con tinta borrosa. Petra se preguntó a quién le habría gustado aquel libro y por qué había acabado en la puerta de la librería Powell's. ¿Por qué lo habían tirado?

Ella nunca lo perdería. Jamás.

Antes de cerrar el libro, buscó de nuevo aquella frase genial: «Debemos deducir que hay una existencia en esas ranas.»

• • •

Horas después, bajo una fina luna menguante, Petra estaba a punto de dormirse. Cuando se dio la vuelta para pasar el brazo sobre la almohada, sucedió algo raro: aunque tenía los ojos cerrados, le pareció ver a una mujer joven.

Era alguien de otra época: llevaba una chaqueta amarilla con ribetes de piel moteada y el pelo firmemente retirado hacia atrás con lazos brillantes. La luz se reflejaba en unos pendientes con colgantes que podían ser de perlas. Estaba sentada ante una mesa escribiendo, y algo la había interrumpido. Con la pluma en la mano, se había detenido para mirar.

La mujer miraba fijamente a los ojos de Petra. Su expresión era astuta, llena de amabilidad e interés, y tenía la mirada de quien comprende las cosas sin necesidad de que se las digan.

Petra penetró en todos los detalles de la imagen. Aunque en la habitación reinaba la oscuridad, la luz acariciaba los cierres metálicos de una caja de madera, un pliegue del mantel azul que cubría la mesa, la curva de la frente de la mujer, y el color crema limón de su chaqueta. Era un mundo tranquilo, pausado, un mundo en el que los sueños eran reales y cada sílaba retenía la luz como si fuera una perla. Era el mundo de una escritora, y Petra estaba dentro.

Y luego, con la misma rapidez con la que había aparecido, la mujer empezó a desvanecerse en la mente de Petra. Mientras eso ocurría, la muchacha se sintió reconocida, como si aquella persona supiese quién era ella, Petra Andalee. Era una sensación confusa: estimulante, estremecedora, real y en cierto modo inevitable, como si las cosas hubiesen sido siempre así.

Petra, que se había despertado del todo, pensó en Charles Fort. ¿Tenía él la culpa de la visita de la mujer? ¿Las había reunido él? «Las sorpresas nos han enseñado...» Fort comprendía lo que Petra había sentido tantas veces: que en el mundo hay muchas más cosas sin descubrir de lo que la mayoría de la gente cree.

Si Petra hubiese tenido idea de cuántas cosas son, aquella noche no habría pegado ojo.

6

La caja del geógrafo

El día que la señorita Hussey les mandó hacer el trabajo de arte, Calder fue directo a su habitación al regresar del colegio.

Se sentó ante su mesa y sacó los pentominós: la W encajaba con la Y y la U, y la I se adaptaba muy bien a la L... la X era más difícil de introducir en el rectángulo, pero podría encajar entre la P y la U... Los pentominós lo ayudaban a pensar.

Escribió la palabra ARTE, y rápidamente siguió con:

ATRE
TRAE
TREA
RETA

No era lo que quería poner en la lista, pero parecía como si el lápiz escribiese solo. Leyó en alto lo que había escrito y se dio cuenta, con gran satisfacción, de que se trataba de un trabalenguas, además de ser una buena combinación de las letras A, R, T y E.

Calder se estremeció ante su tarea. ¿Aquella extraña lista sería una obra de arte? Y entonces, ¿qué pasaba con el arte antiguo, el que se guardaba en los museos y se convertía en postales y carteles que adornaban las cocinas de la gente, del que habían estando hablando en el colegio ese día? La señorita Hussey siempre les decía: «Escuchad vuestro propio pensamiento.» Bueno, y si fuera él, y no los tipos de los museos, el que tuviese que decidir qué resultaba maravilloso ver, ¿qué elegiría? ¿Las mismas cosas que eran tan conocidas? Seguramente no escogería a la señora francesa del vestido raquítico.

El arte para él era... algo desconcertante. Sí, una nueva idea que le daba vueltas en la cabeza, algo que le proporcionaba una manera diferente de ver las cosas cada vez que las miraba. ¿De qué se acordaba?

Se arrastró debajo de la cama y sacó un polvoriento cajón lleno de soldaditos verdes. Metió la mano en un rincón y dio con una cajita.

Calder tomó la caja entre las manos con mucho cuidado: era de madera oscura y las esquinas estaban adornadas con vides de plata. En la tapa había un dibujo de un hombre de pelo largo, inclinado sobre una mesa y vestido con una elegante bata. El hombre había vuelto la cara, con gesto pensativo, hacia una ventana, y tenía un aparejo parecido a un compás en la mano derecha, y un gran manuscrito bajo el brazo. Había una alfombra oriental arrugada y apretujada en una esquina de la mesa, y la mano izquierda del hombre descansaba en lo que parecía un libro. En el armario que tenía a su espalda se veía un globo terráqueo. Su expresión era la de alguien que está pensando en asuntos importantes antes de que algo lo interrumpa. Calder experimentó una sensación de comprensión y de simpatía hacia aquel hombre. Así era como se sentía él cuando, de repente, tenía que prestar atención en el colegio.

A Calder siempre le había encantado ese dibujo. Buscó la lupa y la colocó sobre la tapa de la caja: vio entonces el destello de la luz en el viejo cristal de la ventana, y la alfombra cobró vida entre tonos azules y cálidos dorados. Sobre el armario habían escrito la palabra «Meer». Meer, Meer..., la palabra le daba vueltas en la cabeza. Ojalá la abuela Ranjana le hubiese contado más cosas.

Intentó recordar qué le había dicho de la caja exactamente. Él era pequeño y, sentado en su regazo, jugaba con las gafas de su abuela; tal vez tuviese cuatro o cinco años. Se acordaba de la mecedora de terciopelo azul, de las grietas que su abuela tenía en los nudillos y de sus suaves mejillas del color del chocolate negro.

A la abuela Ranjana le encantaban los rompecabezas y los misterios y le habría caído bien la señorita Hussey. Cal-

der tomó la caja y bajó las escaleras corriendo: se daría un «baño de arco iris», como solía decir la abuela.

En los atardeceres otoñales el sol se filtraba a través de la ventana de cristales emplomados que había en el cuarto de estar de la casa de Calder y proyectaba un arco iris, rombos y polígonos ondeantes sobre el suelo, las paredes y los respaldos de las sillas y de los sofás. Aquel desfile de suaves colores se desplazaba lentamente por la habitación y se desvanecía en un rincón del techo. La abuela Ranjana siempre había asegurado que centrarse en la geometría ayudaba a pensar.

Calder empezó a escribir.

El hombre que tengo en la mano mira hacia la ventana, y la luz descansa sobre su brazo, una mejilla y el papel que está sobre la mesa. ¿Sabéis que el papel resulta cegador bajo una luz brillante? Bueno, pues este papel es de los que casi te hacen cerrar los ojos. En torno al hombre hay azules, rojos y castaños claros. Una alfombra arrugada en el borde de la mesa se interpone entre él y yo, como si alguien la hubiese puesto ahí mientras limpiaba el suelo y se hubiese olvidado de colocarla en su sitio.

Sobre el peso y el tamaño. Este objeto pesa tanto como una bolsa de galletitas de chocolate, un bote vacío de salsa para espaguetis o una camiseta grande. Es casi tan grueso como un diccionario y largo como un tubo mediano de pasta de dientes.

Calder se detuvo con la caja en la mano derecha y contempló el arco iris que flotaba en la pared. Con un estremecimiento de emoción se dio cuenta de que la luz del atardecer se posaba sobre su cuerpo de forma muy parecida a como se proyectaba la luz en el dibujo, y se preguntó si acaso él no tendría también el aspecto de estar sumido en grandes pensamientos...

Lo interrumpieron unas voces al otro lado de la ventana delantera. Echó un vistazo y vio a la señorita Hussey y al señor Watch, su jefe en la librería Powell's. ¿Qué diablos estarían haciendo? Y entonces Calder reparó en una anciana que había sentada en el suelo entre ambos.

Calder abrió la puerta principal y la señorita Hussey gritó:

—¡Agua! ¡Trae un poco de agua! —Cuando regresó con un vaso de agua, la anciana ya estaba de pie. Calder no la conocía. La señorita Hussey dijo—: Gracias, Calder. No sabía que vivías aquí.

Y le explicó lo que el señor Watch acababa de contarle: solía acompañar a la señora Sharpe a la librería una vez a la semana para que escogiese algunos libros. Casualmente, la señorita Hussey caminaba detrás de ellos y había visto cómo la señora Sharpe se tambaleaba y caía junto al bordillo de la acera.

El señor Watch parecía incómodo y la señora Sharpe enfadada.

—¿Para qué quiero yo agua? —repuso—. ¡Qué estupidez! ¡Estos zapatos nuevos! ¡Ni un saltamontes sería capaz de caminar con ellos!

¿Estaba llamando estúpida a la señorita Hussey?

Si era así, la señorita Hussey no se dio cuenta y ofreció su brazo a la señora Sharpe.

Calder entró en casa y se quedó mirando tras la ventana hasta que no vio a ninguno de los tres.

Esa tarde Calder recibió una carta.

Al abrirla, sonrió. ¿Y de quién iba a ser?

L1F1Z1N1P1T2 -
L1V1W1L1L2 - L1F1U2F1 - F1Z1 - Z1F1N1L2 -
Z1Z1F1F2F1N1L2 - T2F1I2F1 -
N1P1U2F1N2F1T2P1L1W1N1L2 - U2P1F2F1I2F1 -
N2F1U2F1N1F1.
L1T2P1L2 - U2P1L1W2P1U2V2T2F1N1L2.
I2L2 - N2W2P1N1L2 - U2F1Z1W1T2,
F2W1 - F2F1N1T2P1 - F1U2W2U2V2F1N1F1.
I2W2P1X2F1 - F3L2T2Y1 - P1U2 - W2I2 - F1U2L1L2.
V2L2F2F2F3

Calder subió corriendo a su habitación a buscar el código de pentominós que había hecho para Tommy y para él antes de que su amigo se fuese.

	1	2	3
F	A	M	Y
I	B	N	Z
L	C	O	
N	D	P	
P	E	Q	
T	F	R	
U	G	S	
V	H	T	
W	I	U	
X	J	V	
Y	K	W	
Z	L	X	

Calder descifró el mensaje y bajó a la cocina preocupado para contarles la noticia a sus padres. Los Pillay lo sintieron mucho. Cambiarse de casa era duro, pero que de repente desapareciese el chico de al lado resultaba el colmo.

Tommy no había conocido a su verdadero padre. El invierno anterior su madre, Zelda, que trabajaba en la biblioteca universitaria, había ido de vacaciones con dos amigas a las Bermudas, y Zelda regresó con un marido.

Al principio Tommy estaba muy callado y no quería hablar del «viejo Fred», como él lo llamaba. Fred se esforzó por comportarse como un padre: jugaba al béisbol con Tommy en el parque, iba al colegio para hablar con los profesores, muchas veces llevaba a Tommy y a Calder a la calle Cincuenta y tres a tomar helado de nueces con chocolate caliente y dejaba que los pidiesen del tamaño que les apeteciera. Pasado un tiempo, parecía que a Tommy empezaba a caerle bien.

Y entonces Fred había anunciado, exactamente el 4 de julio (Calder se acordaba de la fecha por el estruendo de los fuegos artificiales), que la familia tenía que trasladarse a Nueva York. Había comprado una casa en las afueras sin decírselo siquiera a la madre de Tommy. «Y, por supuesto, tampoco al crío», había dicho Tommy al contárselo a Calder.

Y ahora el asunto del tal Rana; ¿cómo podía alguien llamarse Rana?

Calder respondió a Tommy enseguida.

V2L2F2F2F3:
U2W1P1I2V2L2 - Z1L2 - N1P1 - T2F1I2F1.
P2W2W1I3F1 - T2P1U2W2P1Z1X2F1U2 -
F2W1U2V2P1T2W1L2 - F3 - U2P1F1U2 -
V1P1T2L2P1.
V2P1I2 - L1W2W1N1F1N1L2.

L1F1Z1N1P1T2

A Tommy siempre le había gustado espiar, y quizá fuese aquélla la oportunidad de dejar de ser un chico mediocre.
Calder sonrió al acordarse de la conversación que ambos
habían mantenido en la cocina, cuando él acababa de recibir los pentominós. Confiaba en que su mensaje sirviera de
algo.

Después de escribir la carta y poner un sello en el sobre,
a Calder se le ocurrió que tal vez no le hubiese dado a
Tommy un buen consejo. ¿Y si le había pasado algo verdaderamente horrible al chico de la casa de al lado? Al culpable
no le gustaría nada que otro chico se pusiese a fisgonear. De
todas formas, los padres de Calder habían dicho que había
muy pocas posibilidades de que fuese un secuestro real, y
Calder confiaba en que tuviesen razón.

7

El hombre de la pared

Cuando la señorita Hussey leyó la redacción en voz alta al final de la semana, se produjo un revuelo y un intercambio de miradas para ver quién se mostraba incómodo o demasiado contento.

—¿Una silla extraña?

—¿Arte moderno con cosas colgando?

—¿El autor quiere permanecer en el anonimato o prefiere decirnos qué es esto? —preguntó la señorita Hussey después de que se hicieran una serie de conjeturas.

Silencio.

Petra se aclaró la garganta.

—Bueno, se trata de un libro especial.

Petra pensó de pronto en la mujer tranquila e inteligente de su sueño, la mujer de la chaqueta amarilla. Seguramente ella jamás tuvo que explicar lo que escribía. De repente, Petra tuvo la sensación de que la mujer le hacía compañía y le susurraba: «No importa lo que digan. Yo te entiendo.»

—¿Un libro? —bufó Denise—. ¿Frambuesas y vaqueros?

La señorita Hussey se volvió hacia Denise.

—Sí. Los símiles insospechados poseen el poder de la sorpresa. Son estimulantes, ¿verdad?

Denise hizo como si algo oliese mal.

La redacción de Petra impresionó a Calder, quien deseó haberla escrito él. Una hora después encontró a su compañera en la cafetería, sola en un rincón, y decidió hablar con ella. Quería contarle lo de las tres personas que habían coincidido delante de su casa el día anterior y decirle cuánto le había gustado su descripción. Ya se imaginaba lo sorprendida que se quedaría Petra al encontrarse en su compañía.

En ese momento, la fiambrera de Calder chocó contra el respaldo de una silla y se abrió. Petra oyó el golpe y vio cómo el bocadillo de mortadela de su vecino volaba por los aires y aterrizaba sobre la mesa con increíble velocidad.

Cuando Calder recogió su bocadillo y se sentó, Petra empezó a reírse.

—Ya vale —dijo Calder.

—Precisamente estaba leyendo algo sobre ruidos inexplicables y cosas que caen del cielo, y de pronto oigo un golpe y algo vuela... —Petra estaba boquiabierta—. No es por ti..., es que resulta perfecto...

—¿Qué estás leyendo?

—El libro sobre el que he escrito. Lo encontré en la librería Powell's ayer.

Calder vio que en el lomo ponía *¡Mira!* Un título extraño... Por eso Petra quería ocultarlo.

—El autor, Charles Fort, se pasó gran parte de su vida buscando artículos de periódico que contaban sucesos inexplicables —le contó Petra—. Ya sabes, como luces raras en el cielo, objetos que recorren las habitaciones sin explicación aparente, fantasmas y locuras por el estilo. Habla de lo ciega y más bien idiota que es casi toda nuestra educación. Y resulta simpático. No se toma muy en serio las ideas de nadie, ni siquiera las suyas. —Petra se detuvo, sorprendida de haber hablado tanto—. Me encanta la gente que encuentra solución a las cosas por su cuenta. Y, además, me encanta pensar en cosas que nadie entiende. De momento.

—Hum —replicó Calder, pues tenía la boca llena.

—Prácticamente en cualquier lugar que mires hay algo sorprendente. Escucha esto. —Petra pasó hojas hasta la mitad del libro.

Ha habido muchas desapariciones misteriosas de seres humanos...

CHICAGO TRIBUNE, *5 de enero de 1900: Sherman Church, un joven empleado de la fábrica de algodón Augusta (Battle Creek, Michigan), ha desaparecido. Estaba sentado en la oficina cuando se levantó y fue hacia la nave central corriendo. Desde entonces na-*

die lo ha visto. Los investigadores han desmantelado
prácticamente toda la fábrica, y se han hecho bati-
das en el río, los bosques, el campo...

Y seguía:

Hay informes sobre seis personas que, entre el
14 de enero de 1920 y el 9 de diciembre de 1923, fue-
ron encontradas vagando por los alrededores o den-
tro del pueblecito de Romford, en Essex, Inglaterra.
No fueron capaces de explicar cómo habían llegado
hasta allí ni de decir nada sobre sí mismas.

Calder, que había dejado de masticar, miraba a Petra fijamente.

—Tommy conoce a un chico que se llama Rana, un chico de Nueva York que acaba de desaparecer.

—¿Rana? —Petra volvió a reírse—. ¡Una rana voladora!

A Calder también le apetecía reírse, pero la noticia no tenía nada de graciosa. Y además, ¿de qué estaba hablando Petra?

—¿Crees a ese tipo, Fort? —Nada más preguntarlo, Calder deseó no haberlo hecho. En realidad, no era eso lo que quería decir. El rostro de Petra se volvió inexpresivo; parecía decepcionada.

—Bueno, lo que resulta más convincente es que sacaba los datos de los periódicos. Ya sé que la mayoría de la gente pensará que eso es una completa estupidez.

De pronto, Petra empezó a recoger sus cosas y metió *¡Mira!* en la bolsa de la comida.

Aquello estaba saliendo fatal. Calder no entendía el nerviosismo de Petra, sólo era que no quería quedar como un idiota otra vez. Además, la relación que él había establecido con Rana era bastante extraña. Antes de que Petra se levantase, Calder le dijo rápidamente:

—Tu redacción es muy buena. Ayer vi a la señorita Hussey, a la señora Sharpe, una anciana, y al señor Watch, mi jefe en la librería Powell's, delante de mi casa. Estaban los tres juntos.

Petra ya no parecía enfadada.

—¿La señora qué?

—Sharpe, al menos eso me pareció entender.

Petra volvió a sacar el libro, lo abrió en la primera página y se lo enseñó a Calder.

—Raro, ¿eh?

—Louise Coffin Sharpe —leyó Calder—. ¿Crees que es ella? Puedo enterarme —dijo como si estuviera chupado.

—Genial. —Petra le dedicó una sonrisa radiante—. Gracias. Me encantaría saberlo; no creía que la primera propietaria viviese aún.

El día siguiente era sábado y Calder llegó a la librería Powell's temprano. El señor Watch estaba sentado detrás del mostrador de recepción, con el entrecejo fruncido sobre lo que parecía una carta que enseguida dobló.

—Ah, sí, necesito que hagas un reparto. Tienes que llevar unos libros a nombre de Sharpe.

Calder esbozó una sonrisa. Los acontecimientos encajaban con la precisión de los pentominós.

—¿Se trata de Louise Sharpe? —se atrevió a preguntar.

El señor Watch lo miró muy serio.

—Sí, pero tú no la llames así —respondió, entregando a Calder una bolsa de papel llena de libros.

Cuando iba de camino, Calder miró el contenido de la bolsa a hurtadillas. Había algunas novelas en francés y un nuevo libro de arte de David Hockney. Parecían el tipo de libros que leería la señorita Hussey. Había también uno muy pequeño y muy estropeado que se titulaba *Un experimento en el tiempo*. Al echar un vistazo al índice, Calder se fijó en que el capítulo dos se titulaba «El rompecabezas». La señora Sharpe no debía de ser nada tonta.

Si reconoció a Calder, no le dijo nada, así que el chico decidió no recordarle el asunto del vaso de agua. Calder se fijó en que la mujer tenía unos ojos increíblemente verdes, de color verde mar, rodeados por montones de arrugas y huesos. Ella le dijo que esperase en la sala mientras le extendía un cheque.

Calder miró a su alrededor. Se encontraba sobre una gran alfombra oriental. Había cojines de terciopelo, la escultura de un desnudo y vitrinas de cristal; aquel lugar era

un museo. Y en un rincón, sobre una mesa escrupulosamente ordenada, destacaba un ordenador grande y sofisticado.

Entonces la vio. Calder no daba crédito a sus ojos; allí, colgada sobre el sofá, había una versión en grande del dibujo de su caja.

—¿Sabes qué es? —La voz de la mujer lo sobresaltó.

—Iba a preguntárselo. ¿Sabe?, mi abuela me dio una caja con ese tipo, o sea, con ese dibujo, en la tapa, y estaba intentando averiguar quién lo hizo. Acabo de hacer un trabajo para el colegio que lo describe. Es muy extraño, ¿verdad?

La señora Sharpe resopló y le entregó el cheque a Calder.

—Bueno, no tanto. Es una copia de una pintura de Vermeer que se llama *El geógrafo*. Debe de haber miles por ahí.

—¡Oh! ¿Quién era Vermeer? Sé que he oído su nombre, pero... ya sabe lo que pasa. —Calder, que seguía sorprendido, trataba de animar la situación.

—Era holandés y pintó en el siglo diecisiete. —La anciana se calló y miró pensativa la entusiástica sonrisa de Calder—. Estoy segura de que en la biblioteca de tu colegio encontrarás un libro que te cuente cosas sobre él.

—¡Caramba! Esto es genial. —Calder, emocionado, se dirigía a la puerta principal cuando se acordó del libro de Petra—. Eh, señora Sharpe, ¿puedo hacerle una pregunta? Es sobre *¡Mira!*, un libro que una amiga mía, Petra Andalee, encontró en la librería Powell's y que..., bueno, creo que tiene su nombre en el interior.

La señora Sharpe se sumió en un imponente silencio durante unos momentos. ¿En que estaría pensando?

Pero cuando al fin habló, su voz era tierna.

—¿Entiendes el libro?

Calder alzó la vista. Por la cara de la mujer no podía saber si aquélla era una pregunta tramposa.

—En parte —mintió—. Me refiero a que a mi amiga y a mí nos gustan los libros sobre sucesos que nadie entiende, como las desapariciones de personas. Y es increíble que él encontrase todo eso en los periódicos.

—Creía que ya nadie leía esos libros. —La señora Sharpe ahora parecía casi humana.

Calder, animado, dijo de pronto:

—Oh, sí, siempre.

Oh, no. Había ido demasiado lejos.

—Ven a tomar el té un día al salir del colegio, trae a tu amiga y hablaremos de Charles Fort. —La voz de la señora Sharpe era muy fría—. A las cuatro en punto. —Entonces se volvió hacia la puerta, y Calder comprendió que era una despedida.

—Muy bien, lo haré. Ese…

La puerta se cerró en sus narices y Calder regresó a la librería aturdido. «¿Mi amiga Petra?» Bueno, esperaba que se convirtiese en su amiga, y pronto. No podía volver él solo a hablar sobre *¡Mira!* ¿Cómo se había metido en ese lío?

El lunes amaneció azul y blanco, y todo revoloteaba: los cúmulos de nubes, las ramas desnudas, la basura que había por las calles…

Al salir por la puerta de su casa, Calder vio que Petra perseguía un papel que volaba hacia la casa de los Castiglione. El chico se fijó en que el papel subía al cielo dando una graciosa vuelta y luego iba hacia el tejado de la cabaña que los Castiglione habían hecho en un árbol, y después hacia las vías del tren.

Petra se detuvo.

—¡Caray! —exclamó—. Esa carta estaba semienterrada en tu jardín. Sólo he podido leer el principio, pero decía algo sobre un antiguo delito y arte. —Se encogió de hombros—. Seguramente sería una especie de anuncio estrafalario, y no una verdadera carta.

—He estado pensando en ese libro de Charles House —dijo Calder.

—Fort —precisó Petra haciendo un esfuerzo para no sonreír.

—Y en algo más. —Calder tomó aliento—. La señora Sharpe. Ese libro era suyo, y ella tiene interés en que nosotros, es decir tú, sepamos algo sobre él. Quiere conocerte.

Petra dejó de caminar.

—¿De verdad?

—Quiere que vayamos a tomar el té con ella. Fue casi una invitación.

Calder miró las copas de los árboles, como si ellos también estuviesen invitados. ¿Y qué haría él si Petra se negaba a ir? La señora Sharpe se daría cuenta enseguida de que había mentido al decir que había leído *¡Mira!*

Petra se quedó callada un momento.

—Espera. ¿Cómo conseguiste hablar con ella?

Calder le explicó que trabajaba en la librería Powell's y que le había llevado un encargo. El resto del camino hasta el colegio lo dedicaron a hablar de las coincidencias y estuvieron de acuerdo en que no siempre eran casuales; Petra compartía ciertas ideas de Charles Fort sobre la observación minuciosa de las cosas. Calder quería hablarle de su caja y sobre la coincidencia de ver al geógrafo en la pared de la señora Sharpe, pero no lo hizo. La señorita Hussey aún no había leído la descripción de Calder en alto, y el chico esperaba que a Petra le gustase.

Ambos afirmaron que en el mundo había aún mucho que resolver. Petra confesó que creía que la señorita Hussey estaba dispuesta a dejarles recopilar datos extraños, como había hecho Fort. Eso si gente como Denise no les amargaba el asunto a todos.

—Tal vez datos sobre arte, ¡arte y cosas inexplicables! —exclamó Petra de repente.

—Petra, eres increíble.

¿Cómo podía haber pensado que aquel montón de pelo no era inteligente?

Petra torció la boca en un gesto extraño.

—Sería mejor que leyeras el libro antes de estar de acuerdo conmigo. Tal vez tú no estés tan loco como yo.

Calder se rió y jugueteó con los pentominós que llevaba en el bolsillo, muy alegre. Aquel curso resultaba cada vez mejor.

Esa tarde Calder le pidió prestado *¡Mira!* a Petra. La chica tenía razón: Fort era un pensador extraordinario. Se enfrentaba sin miedo a sucesos que nadie podía explicar. Pero lo mejor era que buscaba pautas en todas partes. Calder comprendía la fascinación de aquel hombre por relacionar cosas que parecían no tener relación, y admiraba cómo desafiaba a los expertos. ¿Cómo podía la señora Sharpe haberse cansado de un libro tan emocionante?

Hablando de la señora Sharpe, tenía que hacer un trabajillo de detective...

La reproducción de *El geógrafo* que había en el libro de la biblioteca era más clara y brillante que la copia de su caja. Detrás del hombre se veía un mapa enmarcado, y sobre él la firma «Yo Ver Meer», con la fecha «MDCLXVIII» debajo. Calder echó la cuenta: mil más quinientos más cien más cincuenta más diez más cinco más tres, 1668. El nombre completo del pintor era Johannes Vermeer, también conocido como Jan Vermeer, y había vivido en los Países Bajos, en el norte de Europa.

El libro decía que no se sabía con seguridad quién era el geógrafo, pero que en la zona en la que Vermeer vivía había muchos cartógrafos. Decía que a la gente rica le gustaba colgar mapas en las paredes de sus casas para demostrar su riqueza y que pensaban en el mundo. La cartografía era una profesión respetable, algo que estaba entre la ciencia y el arte.

Calder hojeó el libro buscando otros cuadros de Vermeer. La mayoría presentaba a personas delante de una ventana; la alfombra del geógrafo aparecía en muchos cuadros, y la misma chaqueta amarilla se repetía en una serie de pinturas. Los cuadros le producían a uno la sensación de estar espiando a alguien en un momento de intimidad. La luz que procedía del exterior hacía que los objetos corrientes pareciesen importantes: una pluma, un cántaro de leche, un pendiente, las tachuelas de latón que formaban parte de una silla de respaldo recto... A Calder se le ocurrió que tal vez hubiese información oculta allí; al fin y al cabo, los códigos se basaban en la repetición, y en la obra de Vermeer aparecían los mismos objetos una y otra vez. Estaba la geometría lógica de los cristales de las ventanas y las baldosas del suelo, y luego todas aquellas perlas, cestos, cántaros y mapas enmarcados. Había simetría, pero rota completamente y con gran precisión.

Calder leyó más cosas. El libro decía que Vermeer había muerto pobre cuando tenía poco más de cuarenta años y que se sabía muy poco de su vida. Nadie entendía cómo un pintor tan excepcional había hecho sólo treinta y cinco obras de arte. Nadie sabía quiénes eran las personas a las que había retratado ni por qué pintaba aquellos objetos. Nadie sabía cómo se había convertido en artista.

Vermeer había dejado tras de sí más preguntas que respuestas.

8

Una sorpresa de Halloween

El día 31 de octubre por la mañana, que era domingo, Petra oyó que su padre le decía a su madre que no estaba de humor para celebrar Halloween.

—Frank, piensa en los niños. —Su madre parecía tensa.

Luego Petra oyó los murmullos de su padre y, finalmente, parte de lo que decía:

—Lo siento, cariño... La carta de esta semana... Ya verás... Se habrá acabado antes de que lo sepamos.

Y tras pronunciar esas palabras abrazó a su madre.

¿Qué carta era ésa? ¿Y qué había pasado con la que habían roto? ¿Qué era lo que se acabaría pronto? ¿Necesitaría dinero su familia? ¿Tendrían que mudarse? De repente Petra deseó poder decirle a la señorita Hussey algo que acababa de comprender: no se puede hablar de las cartas importantes porque siempre contienen secretos. Seguramente la señorita Hussey no había recibido ninguna carta así, porque, si no, lo sabría.

Harper Avenue estaba en su elemento el día de Halloween. La gente acudía desde muy lejos para visitar la zona en la que vivían Petra y Calder, y las familias de la zona se enorgullecían de tener el aspecto más aterrador. En los patios surgían tumbas en las que no faltaban unos cuantos huesos, lápidas y palas. De los desagües salían tarántulas y las calabazas lanzaban destellos y gruñidos. De las ventanas de los pisos superiores colgaban cadáveres que se mecían suavemente en la oscuridad. Por el suelo rodaban globos oculares de chocolate. Una red de telarañas cubría los arbustos y los porches, y de los parterres de flores salían voces chirriantes y música de órgano. Los chicos que vivían en aquel barrio le daban mucha importancia a los disfraces.

A las cuatro de la tarde Petra se esforzaba por atarse unos lazos en el pelo, que como era tan abundante y rizado no resultaba fácil de retirar ni de colocar. Petra acabó quitándose de un tirón todos los lazos y se hizo una firme coleta y un moño muy arreglado. Luego sujetó los lazos, previamente atados, con horquillas.

A continuación se puso unos pendientes hechos por ella misma: unas cuentas largas y blancas que colgaban de un aro y que parecían completamente distintas. El tren rugió al otro lado de las ventanas, y Petra permaneció quieta para ver si los pendientes temblaban con las vibraciones.

Luego se puso la chaqueta con el cuello y los puños de piel de imitación. Había cosido con mucho cuidado parte de un viejo disfraz de dálmata en un jersey amarillo. Ya estaba lista. Bajó los párpados un poquitín y esbozó una sonrisa que era más una idea que un movimiento para mirarse de lado en el espejo. Se sentía satisfecha, al menos de momento, con la elegancia natural de la escritora de su sueño.

Cuando Petra abrió la puerta, vio a Calder en el porche dentro de una gran letra roja hecha de cuadrados de cartón pegados con cinta adhesiva.

—¡Hola, Calder!

—Petra…

Al momento, Petra deseó no haberse peinado de aquella manera e, instintivamente, se apartó de la luz.

—Te pareces a algo que he visto antes, me refiero a un cuadro…

—¿De verdad? —murmuró la chica.

—¿Cómo se te ha ocurrido disfrazarte como ella?

—¿Como quién? —Petra miró a Calder a los ojos con el entrecejo un poco fruncido.

—¡La mujer de la pluma, la mujer del escritorio!

Calder intentó proteger su disfraz de pentominó cuando Petra lo metió de un tirón en el vestíbulo.

—Dime exactamente de qué estás hablando.

—¡Cuidado! Acabas de doblar mi F —dijo Calder enfadado—. ¿Por qué estás tan enfurruñada?

—Lo siento. Es que has reconocido mi disfraz. ¿Sabes?, lo he soñado.

—¿Me estás diciendo que has soñado con ese cuadro?

—Yo no he dicho que fuera un cuadro; no sabía qué era.

—¡Qué raro! Tengo tu cuadro en casa. Ven a verlo con tus propios ojos.

Salieron de la casa de Petra y fueron a la de Calder en cuestión de segundos.

Una vez allí, el chico se desprendió de su F y subió las escaleras corriendo. Reapareció con un libro grande de la biblioteca, se sentó en el suelo y pasó rápidamente las hojas llenas de reproducciones. Petra se arrodilló a su lado.

—¡Aquí está!

Petra sintió una escalofriante sacudida en el estómago. No sólo era su disfraz, era también la mujer de su sueño. Tocó la reproducción con la mano, como si quisiera asegurarse de que estaba realmente allí. El pie de foto decía: «JOHANNES VERMEER, MUJER ESCRIBIENDO, 1665.»

9

Los azules

Calder y Petra encontraron otros tres cuadros de la mujer de la chaqueta amarilla. En uno llevaba un collar de perlas y se miraba en un espejo. En otro tocaba la flauta. Y en el tercero estaba sentada ante un escritorio y una doncella le entregaba algo que parecía una carta.

—¿Nunca habías visto ninguno de estos cuadros? —Calder parecía preocupado.

—Jamás. —Petra se quitó un pendiente y lo hizo rodar por el suelo.

—¿Y cómo soñaste con algo que no sabías que existía?

—Me pregunto —dijo Petra despacito— si los cuadros que flotan en la mente por su cuenta son algo así como las ranas voladoras o las personas desaparecidas.

—Hum… Te refieres a que tu sueño tal vez sea parte de algo más grande, ¿no? —Calder se puso en pie de un salto, tomó papel y bolígrafo y se los dio a Petra—. Quizá debamos empezar haciendo una relación de cosas inexplicables.

Petra agachó la cabeza sobre el papel con gesto feliz.

—Genial.

La chica empezó así:

Charles Fort: investigador en jefe, filósofo, guía.

—Ah, una cosa más. ¿Sabías que yo hice el disfraz de F porque estaba pensando en la F de Fort?

—Pondremos eso también.

Calder le habló a Petra de su caja y le dijo cuál era la razón de que se le hubiese ocurrido mirar el libro.

—De todas formas, me pregunto qué fue lo que me hizo acordarme de esa vieja caja. Si no me hubiera acordado de ella, no habría reconocido *El geógrafo* que tiene la señora Sharpe, y por tanto tampoco habría leído nada sobre Vermeer ni habría reconocido tu disfraz.

—Es culpa de la señorita Hussey —repuso Petra, encantada—. Todo empezó con la tarea de encontrar algo artístico. Y nosotros lo encontramos, sin duda.

Se pasaron los diez minutos siguientes intentando descubrir qué había sucedido y cuándo. Petra escribió:

1. Calder escribe sobre la caja con el geógrafo en la tapa el mismo día que Petra encuentra *¡Mira!* y sueña con la mujer.
2. Durante la comida, Calder y Petra hablan de Fort.
3. Calder visita a la señora Sharpe, ve *El geógrafo* y se entera de la existencia de Vermeer.
4. Calder pide un libro en la biblioteca.
5. Petra y Calder se disfrazan. Petra piensa en Vermeer, Calder piensa en Charles Fort.
6. Halloween: Calder reconoce el disfraz de Petra.

Calder pasaba las páginas del libro.

—Aquí no dice gran cosa sobre la vida de Vermeer. ¿Crees que deberíamos investigar? Me pregunto si podría existir algún tipo de código secreto que nadie haya descubierto... Lo que quiero decir es ¿a qué vienen tantas perlas, plumas y botoncitos?

—Bien pensado. —Petra sonrió.

—Y quizá haya otras extrañas conexiones con Charles Fort —siguió Calder—, algunos hechos que a lo mejor hemos pasado por alto.

—Mañana podemos mirar en la biblioteca del colegio.

—Genial. —Calder se levantó y buscó algo en el bolsillo; removió las piezas de los pentominós y sacó una.

—La V de Vermeer. —Sonrió distraídamente a Petra, que lo miraba confusa—. Una posibilidad entre doce. ¿Crees que es una coincidencia?

• • •

Cuando iban al colegio al día siguiente, Petra preguntó a Calder por el asunto de la V de Vermeer.

—Yo te he contado lo de la mujer. Deberías explicarme qué pasa con esos pentominós, y no me digas que sólo sirven para hacer rectángulos.

—Me ayudan a entender las cosas —dijo Calder, y miró a Petra de reojo—. Prométeme que no te reirás.

—¿Y por qué habría de reírme? ¿Hay algo más extraño que mi sueño?

—Bueno, es como si los pentominós me hablasen. Tengo la sensación de que quieren decirme algo, entonces agarro uno y en mi cabeza surge una palabra. —Petra miraba a Calder con interés—. Ya sé que parece un juego supersticioso, y seguramente lo es. Pero tienes razón en lo que has dicho de Charles Fort: te hace prestar atención a cosas que siempre habías pasado por alto.

—Me parece genial.

Calder dedicó a Petra una sonrisa agradecida. Tendría que haber sabido que ella lo comprendería.

Esa tarde, a las tres y media, se encontraban en la biblioteca, sentados tras una pila de libros.

—Empecemos con las fechas, ¿vale? —Petra empezó una nueva página con tinta morada y el encabezamiento «Datos sobre Vermeer».

Calder miró el libro que tenía delante.

—¡Mira, Petra! Apunta esto: Vermeer fue bautizado en Halloween, el 31 de octubre de mil seiscientos treinta y dos. Es el primer dato de su vida.

—Qué raro, ¿no? Empezamos a tomar notas sobre él el mismo día en que se registra su nombre por primera vez. Y han pasado más de tres siglos y medio…

—Aquí está —siguió Calder—. Johannes, hijo de Reynier Jansz y de Digna Baltens…

—Un momento. Deletrea los nombres.

Calder paró unos segundos, mientras Petra copiaba los nombres. Luego continuó:

—Su padre tenía una taberna en Delft, pero también era tejedor y elaboraba un fino tejido de satén llamado *caffa*. Vermeer fue tabernero y, después, comerciante de obje-

tos de arte. A ver... Cuando tenía veintiún años se casó con Catharina Bolnes. Ese mismo año aparece registrado como «maestro pintor» en el Gremio de San Lucas... y llegó a ser director del gremio varias veces... Tuvo once hijos. Murió en mil seiscientos setenta y cinco, a los cuarenta y tres años.

Petra escribía como una loca.

Calder pasó la página.

—Parece que debía dinero cuando murió y que no alcanzó la fama hasta hace un siglo. Es misterioso; me refiero a que toda su vida es un misterio. No hay noticias sobre cómo empezó ni sobre el dinero con que mantenía a su familia. Los historiadores no saben dónde trabajaba ni quiénes son los hombres y las mujeres de sus cuadros, ni si son familiares o amigos. Ya lo había leído antes; no se sabe casi nada de él como persona. —Calder levantó la vista—. Es extraño, ¿no crees? Me pregunto si destruirían sus cuadernos o sus cartas.

Petra clavó los ojos en Calder.

—Parece sospechoso y también triste, ¿verdad? Esas escenas mágicas de las que nunca se sabrá nada más...

Calder siguió leyendo.

—¿Sabes una cosa? Firmó sólo algunos cuadros. Me pregunto por qué. —Calder pasó otra página—. Yo nunca hubiera hecho algo así —murmuró en voz baja—. Vamos a buscar más datos sobre el cuadro de tu sueño —continuó—. Aquí está: se llama *Mujer escribiendo* y se encuentra en la Galería Nacional de Arte de Washington, distrito de Columbia. Lleva puesto un batín con piel blanca en el cuello y los puños. Esos grandes pendientes son perlas o una especie de cristal de fantasía. ¿No te parece increíble? La ostra que hizo esas perlas debía de ser del tamaño de un balón de fútbol. Naturalmente, hay una pluma de ave para escribir. La misma silla con los adornos en forma de cabeza de león aparece en otras pinturas..., y las mismas joyas, los muebles, incluso los mapas y los cuadros de las paredes. Me pregunto si podría tratarse de la casa de Vermeer.

—Tuvo que resultarle muy difícil trabajar con tantos hijos. —Petra estaba pensando en lo escandalosos que podían resultar cinco.

—¿Le encuentras sentido a algo de esto? —preguntó Calder.

—Bueno, está el detalle de Halloween. Es una coincidencia muy extraña.

—Pero ¿no nos estaremos olvidando de algo? ¿Una pauta? ¿Números?

—Parece como si hubiera demasiadas relaciones en esto —dijo Petra lentamente—. La señora Sharpe conoce a Vermeer y a Charles Fort, tú conoces a la señora Sharpe, yo leo el libro de la señora Sharpe e inmediatamente tengo ese sueño mientras tú lees sobre Vermeer, y luego los disfraces que hemos hecho... ¿Crees que las ideas coinciden siempre así y que es la gente la que no se da cuenta?

—Tal vez.

Al salir de la biblioteca caminaron un trecho en silencio. Calder sacó dos bolsas de M&M del bolsillo de su abrigo y le dio una a Petra.

—Gracias —dijo la chica, sorprendida.

—¿Cuáles son tus favoritos? —le preguntó él.

—Los azules.

—¡Eh!, ¿y si los M&M azules simbolizaran el secreto? Podemos hacer una colección y comer uno en ocasiones especiales, como señal de que estamos decididos a averiguar esto. Sería una especie de asunto privado... —Al oírse a sí mismo, Calder se calló.

—Serán para nosotros la representación de Charles Fort y Vermeer. Perfecto —añadió Petra rápidamente.

Decidieron guardar los M&M azules en la caja de Calder, debajo de su cama. Petra se quedaría con el cuaderno.

Al final de Harper Avenue se detuvieron, comieron sendos M&M y coincidieron en que los de color azul tenían un sabor raro y misterioso.

10

Dentro del rompecabezas

Calder se sentía inquieto de pie junto a la ventana del cuarto de estar el viernes por la tarde. Habían pasado dos días desde la visita a la biblioteca, y como no sabían qué investigar, ni Petra ni él habían hecho más averiguaciones.

Fuera llovía a cántaros y la lluvia corría y hacía charcos. Mientras Calder observaba distraído cómo las gotas se formaban y transformaban una y otra vez, surgió una idea en su cabeza. ¡Pues claro! Era el paso siguiente y lógico. Subió las escaleras para alejarse de sus padres, que estaban hablando en la cocina, y tomó el teléfono.

Cuando Petra respondió, le dijo:

—Escucha, creo que deberíamos llamar a la Galería Nacional y preguntar si *Mujer escribiendo* está allí. Ya sabes, averiguar si el cuadro se encuentra seguro y todo eso.

—¿Y por qué no iba a estar allí?

—Bueno, quiero tener la certeza. Tal vez Charles Fort me haya alterado la mente, pero las historias sobre teletransportación y gente que desaparece en el aire... Deberíamos comprobarlo.

—Voy enseguida.

Ni Petra ni Calder habían llamado antes a un museo. Lanzaron una moneda para echar a suertes a quién le tocaba hablar y marcó Petra. Contestó una grabación con los horarios del museo e información sobre exposiciones y visitas, y por fin se ofreció la posibilidad de hablar con una operado-

ra. Petra colocó el auricular de forma que Calder también pudiese oír.

—Galería Nacional de Arte. —La voz era suave, bastante mayor y muy formal.

—Hum, llamamos para saber si hay un cuadro de Vermeer en su museo.

—¡Oh! ¿Qué cuadro buscáis? —Petra le hizo un gesto a Calder; la voz había adoptado el tono de falsa animación que algunos adultos escogen para hablar con los niños.

Petra continuó intentando sonar lo más convincente posible:

—*Mujer escribiendo.*

—Voy a comprobarlo en el ordenador. Si el cuadro está prestado, os lo diré. —Petra y Calder esperaron en silencio hasta que la voz les contestó—. Pues sí, el cuadro se ha trasladado. Está en Chicago. Va a haber una exposición sobre «Los escritores en el arte» en el Instituto de Arte.

A Petra y a Calder se les pusieron los ojos como platos. Calder agarró el teléfono, y al hacerlo tiró del pelo a Petra. Hubo un agrio «¡Ay!» seguido por un «¡Lo siento!» en voz baja.

—¿Me oís? —dijo la voz de la mujer otra vez.

—¿Sabe si el cuadro se encuentra ya en Chicago? —Calder apretaba el auricular del teléfono con tanta fuerza que los nudillos se le pusieron blancos.

La mujer que estaba al otro lado del hilo dudó:

—Bueno, os he dicho lo que pone en el ordenador. Supongo que sí. Salió de Washington hace varios días y la exposición se inaugura la semana que viene.

Calder tuvo la sensación de que la mujer les iba a preguntar qué estaban haciendo o con quién estaba hablando, así que se despidió con un rápido: «Gracias, adiós» y colgó.

—¡Caramba, Petra! —La chica asintió en silencio—. ¿Estás pensando lo mismo que yo?

Petra asintió de nuevo.

—Voy a llamar al Instituto de Arte. Y esta vez, Calder Pillay, no se te ocurra agarrar el teléfono y tirarme del pelo.

Tras esperar un montón de tiempo y de que los pasaran a otras líneas, a la segunda llamada les dijeron sólo que la semana siguiente se inauguraba una nueva exposición.

—Bueno, podría ser que pensáramos en todo esto porque el cuadro forma parte de una exposición que se va a hacer aquí y... nos hemos enterado, nada más... —La voz de Petra se apagó.

—Sí, pero me sigue pareciendo raro que estén trasladando el cuadro, ¿no crees? —dijo Calder.

—Los cuadros viajan de aquí para allá, y ahora podremos verlo de verdad.

—Es hora de tomar un M&M azul.

Se sentaron en el suelo con las piernas cruzadas y *El geógrafo* entre ellos, discutiendo sobre si los M&M que habían escogido eran del mismo tamaño. Luego jugaron sin mucho entusiasmo una partida de Monopoly, y la madre de Calder les llevó galletas envueltas en servilletas de color azul oscuro con dibujos de ranas verdes.

—Eh, ¿de dónde han salido estas servilletas, mamá?

—No me acuerdo, pero son graciosas, ¿verdad?

En cuanto salió de la habitación, Calder y Petra se miraron.

—A lo mejor la lluvia les ha servido de pretexto a las ranas para colarse aquí —bromeó Calder.

—Pues sí. Hablando de ranas, ¿hay noticias de Nueva York?

Calder había llamado a Tommy la noche anterior. El chico le había contado a Calder que estaba empezando a preguntarse si había alguna razón para que en su barrio todos fueran tan desagradables, como si hubiese un gran secreto que él ignoraba. Rana no había aparecido, y nadie quería explicarle a Tommy por qué. Reconoció que tal vez hubiese sido un poco exagerado con el asunto del secuestro, pero los hechos eran los hechos: Rana estaba allí un buen día, y al siguiente había desaparecido. Y nadie decía nada.

—Siento no poder ayudarlo —le dijo Calder a Petra—. Debe de ser escalofriante eso de preguntarte si serás tú el próximo que desaparezca.

—Tal vez tus pentominós te digan algo —sugirió Petra.

Calder los revolvió, sacó una N y frunció el ceño.

—¿N de qué? —Calder pensaba en alto—. ¿Nueva York? ¿Galería Nacional? Olvídalo: esto es un caso grave de cerebro obsesionado con Vermeer.

—Ya, es difícil pensar en otra cosa.

. . .

Al día siguiente, después del colegio, Petra se dedicó a rastrillar hojas con su padre, que en los últimos tiempos parecía vivir absorto en su propio mundo: ya nunca les pasaba la comida en la mesa, dos días antes se había olvidado de vaciar la bañera, se empeñaba en coger calcetines pequeñitos de la cesta y se limitaba a quedarse pasmado cuando no le servían.

En aquel momento no paraba de rastrillar en el mismo sitio y arrancaba la hierba, dejando trozos de tierra al descubierto.

—¿Papá? —Petra había dejado de trabajar.

—¿Sí?

—¿Te encuentras bien?

El padre de Petra la miró como si ella estuviese al otro lado de una ventana cerrada y levantó una mano muy rígida.

—¡De maravilla!

Pero Petra no lo creyó. ¿Qué le había pasado? Seguía yendo a trabajar, pero siempre estaba distraído. Petra deseaba con todas sus fuerzas haber encontrado la carta con la que había comenzado aquel asunto, la carta sobre la que habían discutido sus padres semanas atrás. A lo mejor ella podía haber hecho algo.

Cuando su padre se dirigió hacia la casa, lo oyó murmurar:

—Un préstamo. ¡Qué locura!

A Petra se le pusieron los ojos como platos. Un préstamo… Lo primero en que pensó fue en el cuadro *Mujer escribiendo*. Pero ¿de qué hablaba su padre? ¿Se refería a dinero? ¿O ella había oído mal? De todas formas, hubiese dicho lo que hubiese dicho, sonaba fatal.

Esa tarde Calder hizo tres solitarios, dos pasteles de calabaza con su madre y ayudó a su padre a doblar la ropa de la colada.

—Calder, necesito que hagas otra cosa. Vamos fuera.

—El padre de Calder ya se había puesto la chaqueta.

Calder lo siguió por la parte delantera de la casa y se fijó con interés en todos los papeles que se habían amontonado bajo las plantas mustias del patio. Se acordaba de la carta sobre delitos y arte que Petra había encontrado allí y que había volado.

Su padre hizo visera con la mano y levantó la cabeza para contemplar la fachada de la casa.

—Hace falta pintarla. ¿Crees que deberíamos mantener el mismo color?

—Sí —dijo Calder—. Es el color de la abuela Ranjana, ¿verdad? ¡Qué lastima que no pudiera saber que mantuvimos el color que ella escogió! Y a todo esto, ¿por qué le gustaba tanto el rojo?

El padre de Calder se rió.

—Es una larga historia. Algo relacionado con el pintor Vermeer... Ella opinaba que Vermeer tendría que haber utilizado más el rojo, porque para ella era el color más bonito y lo habría llevado a la perfección.

—¡Qué raro! —exclamó Calder en voz baja.

Miró hacia la calle y vio a Petra en su patio: llevaba un sombrero rojo, una mancha de brillante colorido que contrastaba con el gris de noviembre.

A veces pensaba que hubiese preferido seguir ignorando a Fort y a Vermeer. Parecía como si hechos puramente accidentales encajasen unos con otros, pero no de forma que él pudiese comprenderlos; ni siquiera sabía qué pensar de ellos. Una cosa era utilizar un puñado de piezas de plástico para encontrar la solución de un rompecabezas, y otra muy distinta era sentir que uno había caído dentro del rompecabezas y que no podía salir.

11

Pesadilla

El día 5 de noviembre a las siete y media de la mañana, Calder buscaba sus zapatillas de lona y Petra comprobaba si el cepillo del pelo estaba debajo del sofá del cuarto de estar. Ambos entraron en la cocina de sus respectivas casas al mismo tiempo.

En la casa de los Pillay, los padres de Calder servían zumo y vaciaban las cajas de cereales mientras hablaban. Calder captó las palabras «trágico» y «escandaloso».

—¿Qué pasa? —preguntó.

En la cocina de Petra su madre preparaba sándwiches de queso y hablaba con su marido. Petra oyó decir a su madre: «¿Cómo puede suceder algo así? ¿De quién es la culpa?»

Petra leyó los titulares del periódico. En la portada del *Chicago Tribune*, en letras gigantes, se veían las siguientes palabras: «VERMEER SE ESFUMA: UN TESORO IRREEMPLAZABLE DESAPARECE ENTRE WASHINGTON Y CHICAGO.» Petra se dejó caer en una silla de la cocina y empezó a leer:

> *Un cuadro de Vermeer de 1665, titulado* Mujer escribiendo, *fue robado el pasado fin de semana durante su traslado desde la Galería Nacional de Arte de Washington al Instituto de Arte de Chicago.*
>
> *El cuadro iba a ser la pieza principal de una exposición que se inauguraría la semana próxima en el Instituto de Arte. Según los conservadores de la Galería Nacional,* Mujer escribiendo *tiene «un va-*

85

lor incalculable». Es una de las treinta y cinco obras que se conocen del pintor holandés Johannes Vermeer y, sin duda, una de las pinturas más valiosas que han sido robadas en el siglo XX.

Durante una emotiva entrevista telefónica, N. B. Jones, conservador encargado de gestionar el préstamo, dijo: «Ésta es la pesadilla de todos los museos; se trata de un cuadro delicado y frágil que ha de mantenerse en determinadas condiciones atmosféricas. Su valor es de decenas de millones de dólares, pero nunca se podría vender en el mercado negro. Seguramente ha sido elegido por un coleccionista individual. Es una tragedia de indescriptibles proporciones.»

Según las fuentes del Instituto de Arte, el cuadro llegó, custodiado por guardias armados, a última hora de la tarde de ayer. Cuando un grupo de conservadores lo desembalaron, llenos de emoción, encontraron la caja vacía. En el material de embalaje había una nota impresa que decía: «Acabaréis por darme la razón.»

Todos los celadores y guardias armados que tuvieron contacto con el cuadro desde que salió de Washington han sido identificados y serán interrogados.

Petra apenas podía respirar. Tenía que reunirse con Calder.

Calder escuchaba a su padre, que leía partes del artículo en voz alta.

—Lo sabía, lo sabía —murmuró para sí.

—¿Qué pasa, Calder? Es terrible, ¿verdad? —El padre de Calder miró a su hijo por encima del periódico. Cuando el chico salió corriendo al vestíbulo, oyó que su padre le comentaba a su madre—: Hoy debe de tener ortografía.

Calder bajó los escalones de un salto y corrió a casa de Petra. Llegó en el preciso momento en que la chica salía. Se miraron y supieron enseguida que no hacía falta contarse la noticia.

Luego se sentaron en el bordillo de la acera, frente a la casa de Petra.

—Nosotros lo sabíamos, ¿a que sí? ¡Lo sabíamos con antelación! —Calder se puso a romper hojas muertas con furia.

—Sí, pero en realidad no lo sabíamos. —Petra tenía la voz entrecortada—. Además, ¿quién haría caso a dos niños que hablan sobre lo que parece una serie de coincidencias?

—No sirve de nada plantearnos eso ahora que ha sucedido algo verdaderamente espantoso, en lo que de alguna manera estamos mezclados. —Calder miró a Petra a los ojos por primera vez—. Pero, de todas formas, ¿cómo nos hemos metido en semejante embrollo?

Petra no le llevó la contraria.

—Parece una locura, pero yo creo que la dama de Vermeer depende de nosotros; es como si estuviera esperando que la salvásemos.

Se quedaron callados durante unos momentos. Luego Calder se levantó.

—¿Y ahora qué hacemos?

—Lo que haría Charles Fort: estar atentos y mantener la calma.

Aquella mañana la señorita Hussey apareció en el colegio con un brazo en cabestrillo. Les contó que en su casa se había ido la luz de noche y que se había caído. Lo que un par de días antes les hubiese parecido intrigante a Calder y a Petra, de repente se les antojaba siniestro: el cuadro del sueño de Petra había sido robado, el padre de ésta se comportaba de un modo extraño, Calder estaba preocupado por Tommy y, para rematar, la señorita Hussey estaba lesionada. Petra y Calder se miraron, repasando en silencio todas las cosas que salían mal. ¿Quién o qué sería el siguiente?

La señorita Hussey llevaba el periódico bajo el brazo, y lo primero que hizo fue leer en voz alta el artículo sobre el cuadro de Vermeer. Así se inició un debate sobre el robo de obras de arte y cómo a veces los ladrones cortan los lienzos para desprenderlos de los marcos. La señorita Hussey les habló de un robo que se había producido en 1990 en el Museo Isabella Stewart Gardner de Boston: los ladrones se habían disfrazado de policías y habían convencido a los vigilantes nocturnos de que los dejasen entrar. Luego los inmovilizaron, desconectaron las alarmas y robaron al menos diez cuadros, entre ellos uno de Vermeer y otro de Rembrandt. Los cuadros no habían vuelto a aparecer. Les contó otras historias sobre robos de obras de arte; algunas de las maquinaciones eran muy ingeniosas, y otras, un desastre.

—La única esperanza que queda —afirmó la señorita Hussey— es que este ladrón no sea un profesional.

—¿Se refiere a que haga alguna estupidez? —preguntó Calder—. ¿Algo que lo delate?

—O que él o ella se derrumben bajo la presión de todo esto —dijo la profesora, cuya voz sonaba cansada—. Os dejo que hagáis lo que queráis esta mañana; no me siento muy bien.

La mayoría de los chicos se dedicaron a cuchichear muy contentos o a leer, como si se hubieran olvidado de Vermeer, aunque durante todo el día permaneció apoyado en el encerado un libro con una reproducción a toda página del cuadro. Calder se acercó y se quedó muy sorprendido al darse cuenta de que se trataba del mismo libro que la señorita Hussey había comprado en la librería Powell's un par de semanas antes. La palabra que Calder había visto en la cubierta no era «Hola», sino que era parte de «Holanda»; se titulaba *Pintura holandesa*.

Cuando se lo contó a Petra, la chica se quedó muy callada.

—Otra coincidencia —declaró al fin con una voz que casi no se oía—. No me ha gustado la forma en que la señorita Hussey ha dicho lo de derrumbarse bajo la tensión; parecía como si ella se estuviese derrumbando.

—¿Crees que deberíamos decirle que también nosotros hemos estado estudiando a Vermeer? Tal vez eso la anime —sugirió Calder.

Petra se quedó pensativa un momento.

—No —respondió lentamente—, y no sé muy bien por qué. Me da la impresión de que tiene un problema, y no quiero que sepa que lo hemos notado. De lo contrario, no podríamos ayudar... —Petra miró a Calder.

—Claro, ella no querría que también nosotros resultáramos heridos —dedujo Calder. De pronto se acordó del pentominó que Denise había lanzado, de una patada, bajo la mesa de la señorita Hussey. Era la T: T de tribulación.

Ese día, al volver a casa, Calder y Petra vieron que la señorita Hussey cruzaba Harper Avenue en dirección a la librería Powell's. Sabían muy bien lo que tenían que hacer.

Corrieron hasta la esquina y miraron en ambas direcciones: no había nadie a la vista; la profesora debía de haber
entrado.

—A ver si podemos enterarnos de algo a través del escaparate. El señor Watch suele mirar hacia el otro lado. Si pa-
samos por delante de la puerta, a lo mejor nos encontramos
con ella —dijo Calder.

Petra asintió.

Se agacharon bajo el escaparate y se enderezaron lo
justo para ver algo sobre las vitrinas de libros. La señorita
Hussey y el señor Watch estaban enfrascados en su conversación, con las cabezas muy juntas.

Resultaba frustrante estar tan cerca de ellos y no poder
oírlos. Las mentes de Petra y Calder iban a toda velocidad,
pero en direcciones diferentes. Calder pensaba que todo lo
que había visto hacer al señor Watch era desconcertante:
¿por qué se pasaba tanto tiempo en la sección de arte de la
tienda? Daba la impresión de que siempre estaba colocando
los libros de aquella zona. ¿Por qué había sido tan amable
con la señora Sharpe y la había acompañado a la tienda antes de que Calder hiciese las entregas? ¿Eran amigos él y la
señorita Hussey?

Petra se preguntaba qué había impulsado a la señorita
Hussey a comprar aquel libro de arte semanas atrás y si se
trataba de una mera coincidencia. La señorita Hussey era
muy atrevida. ¿Se habría metido en algo que no podía con-
trolar? ¿Y se había caído de verdad la noche anterior? ¿Su
lesión tendría algo que ver con *Mujer escribiendo*?

Mientras se dirigían a sus casas, Petra y Calder compartían preocupaciones. Si se hubieran dado la vuelta, habrían visto a la señorita Hussey y al señor Watch salir juntos de la librería.

La señorita Hussey llevaba un fino paquete bajo el brazo sano.

. . .

El consejo editorial del *Chicago Tribune* publicó una carta anónima la mañana siguiente:

Queridos y preocupados amantes del arte:
Soy uno de los responsables de la desaparición temporal de Mujer escribiendo. *Permanece en su marco y no ha sufrido ningún daño. El cuadro será devuelto cuando se corrijan las mentiras que rodean la vida y obra de Johannes Vermeer. He cometido un delito, pero en el fondo sé que este robo es un regalo. A veces hay que tomar medidas radicales para descubrir la verdad.*
Y aquí está el problema: el gran maestro conocido como Johannes Vermeer pintó, en realidad, sólo veintiséis de los treinta y cinco cuadros que en la actualidad le atribuimos. Los Vermeer «reales» fueron pintados entre 1656 y 1669. ¿Cómo lo sé? Miren ustedes mismos. Su toque es inconfundible, y su visión y originalidad, imposibles de reproducir.
Explíquenme por qué no hay documentos ni material impreso escrito por este gran artista sobre su vida y su obra. ¿Por qué sabemos tan poco de él como hombre?
Creo que la respuesta es ésta: los seguidores de Vermeer, y tal vez algunos miembros de su familia, aquellos a los que enseñó y que tanto lo admiraban, se apoderaron de sus papeles y los destruyeron después de su muerte. Posteriormente, cierto número de trabajos realizados bajo su dirección o influencia se vendieron como pinturas ejecutadas por un Vermeer inmaduro en los principios de su carrera o por el artista achacoso de los últimos años. Con el paso de los siglos, la oscuridad se cernió sobre Vermeer.
En el siglo XX las obras del maestro cobraron gran valor, y los que poseían los cuadros «tempranos» y «tardíos» no tenían el menor interés en divulgar la idea de que sus propiedades eran obra de otra persona. Esos cuadros se encuentran en la actualidad en grandes y poderosos museos, como el Metropolitan de Nueva York y la Galería Nacional de Londres. ¿Quién tiene la valentía de corregir esos

errores? Nadie, salvo el público en general, que no tiene nada que perder.

¿Qué debe hacer usted? En primer lugar, sólo ir a ver. Mire las reproducciones de los libros sobre Vermeer si no puede visitar los museos. Pregúntese a sí mismo, tras estudiar las magníficas pinturas elaboradas por el genio de Vermeer en la década de 1660 y poco antes, si las obras restantes tienen la misma magia, el mismo brillo luminoso, el mismo poder íntimo y soñador. Y bien, ¿lo tienen?

El arte más excelso pertenece al mundo. Que no lo intimiden los expertos. Confíe en su propio instinto. No tenga miedo de enfrentarse a lo que le han enseñado o a lo que le han dicho que debe ver y creer. Toda persona, todo par de ojos, tiene derecho a la verdad. Esos cuadros le hablarán a usted como me han hablado a mí.

Cuando los haya mirado como no lo había hecho antes, acabará por darme la razón. Y entonces se corregirán los datos.

Para que eso se haga, usted debe protestar. Tiene que conseguir que sea difícil o imposible ignorarlo. Espero que sean miles los que escriban a los funcionarios de los museos, a los periódicos y a los que están en el poder. Cuando las obras que quedan de este gran pintor hayan sido correctamente identificadas, devolveré Mujer escribiendo.

Espero ansiosamente su colaboración. Puede enviar cartas a la siguiente página web, incluida en un foro informático de discusión. Yo las recogeré y el mundo entero podrá leerlas.

En cuanto a las tres personas que recibieron una carta mía en octubre, ellas saben quiénes son. Nunca podré agradecerles lo que han hecho. El papel que han representado no tiene precio.

Felicito a todos los que persiguen la verdad.

El escándalo fue instantáneo y arrollador.

12

El té de las cuatro

La carta anónima fue publicada en una serie de importantes periódicos de todo el mundo. Aquello era una novedad: un especialista en arte se convertía en ladrón y pedía ayuda a la gente.

La clase de la señorita Hussey se transformó en una mezcla de museo y laboratorio de la noche a la mañana: las paredes se cubrieron con reproducciones de los cuadros de Vermeer, y por todas partes había pilas de libros de la biblioteca. Los chicos pidieron lupas prestadas al departamento de Ciencias para ver cómo había pintado Vermeer las baldosas del suelo en la década de 1660 y compararlas con las posteriores a 1670, o comprobar si una mano se parecía a las manos de otros cuadros. Estudiaron arrugas, reflejos, sombras, madera, cristal y tejidos. Durante el proceso, descubrieron lo borrosas que resultan la mayoría de las reproducciones cuando se examinan con una lupa. La señorita Hussey parecía feliz con todo el ruido y las discusiones que se montaban mientras los chicos defendían sus opiniones. El trabajo de Calder consistía en organizar los datos que toda la clase recopilaba y recogerlos en un gráfico gigante. Petra tenía que registrar las conclusiones sobre los cuadros «auténticos» y los demás. Otros chicos establecieron un sistema de votación y llevaban cuenta de los resultados o redactaban las cartas para enviar por Internet.

Sin embargo, el asunto que la clase de la señorita Hussey encontraba tan estimulante, resultaba angustioso en todas partes. Tras las puertas cerradas, la gente de los museos o las autoridades del mundo del arte se sumían en discusiones complejas y a veces airadas. Todos estaban de acuerdo en que lo más importante era recuperar *Mujer escribiendo*. La seguridad de la obra era lo principal. También coincidían en que no se debía consentir que un terrorista erudito chantajease a las altas esferas del arte y pusiese en peligro uno de los mayores tesoros del mundo sólo para salirse con la suya. ¿Cómo iban los museos a atender las exigencias del ladrón?

Otro problema era que la carta había estimulado la curiosidad e imaginación de la gente. Por supuesto, la prensa había encendido las llamas. De pronto, todo el mundo, desde las estrellas del deporte hasta los taxistas, se consideraba con derecho a expresar ideas sobre qué cuadros de Vermeer eran «auténticos» y cuáles no. Todos los días los periódicos publicaban entrevistas. La gente hablaba con gran seguridad sobre Vermeer en los restaurantes de moda, en el metro, en las tiendas de donuts y en los ascensores. Hubo una oleada de rebeldía contra los expertos en el tema. Al fin y al cabo, si el arte no era para todo el mundo, ¿para quién era? Y como había señalado el ladrón, un par de ojos veía tanto como otro cualquiera, ¿o no? ¿Qué tenía que ver la educación y un título presuntuoso con la contemplación? Las cartas que circulaban por Internet sumaban miles.

Muchas compartían las opiniones del ladrón. Algunas incluso lo disculpaban en aras de la verdad y entendían que el ladrón había asumido una misión muy importante que habría complacido al propio Vermeer.

El día en que la clase sometió a votación la atribución de cada uno de los treinta y cinco cuadros, la señorita Hussey se mantuvo muy callada. La mayoría de los alumnos de sexto se inclinaron por las opiniones del ladrón y concluyeron que las primeras obras de Vermeer, y también las últimas, eran muy dudosas.

Calder, impaciente por saber lo que pensaba la señorita Hussey, le hizo a la profesora la pregunta que solía hacer ella:

—Y bien, ¿está usted de acuerdo? —Calder pensaba que a la profesora le gustaría.

—Ya veremos. —El tono de la señorita Hussey era apagado, muy de persona mayor. No se parecía nada a su tono habitual.

Mientras la señorita Hussey se alejaba, a Calder le pareció que estaba asustada.

Habían pasado varias semanas desde que la señora Sharpe había invitado a Calder y a Petra a tomar el té. En aquel intervalo había desaparecido *Mujer escribiendo*. Aunque se había ido, estaba en todas partes; seguía siendo el secreto de Petra y Calder, pero era también un rostro conocido para muchos miles de personas.

La señora Sharpe había dejado un mensaje a Calder en la librería Powell's: esperaba que él y «su amiga» fuesen a tomar el té el lunes 22 de noviembre.

Mientras se dirigían despacio hacia la casa, los chicos coincidieron en que la señora Sharpe era una persona a la que valía la pena ver. Como le gustaban Fort y Vermeer, tal vez tuviese alguna idea sobre el robo.

Calder distinguió la parte superior de la cabeza de la señora Sharpe, la cresta de un impecable moño blanco, en una ventana. Estaba anocheciendo, y el interior iluminado de la casa parecía un cuadro. A través de los viejos e inseguros cristales vieron el borde de *El geógrafo* sobre el sofá, un abanico de luz sonrosada en el techo, una cortina de encaje, y luego, bruscamente, como si fuera una respuesta a su curiosidad, una mano que corrió las persianas.

—¿Calder? Aquí pasa algo raro.

—¿A qué te refieres?

Antes de que Petra pudiese responder, la señora Sharpe abrió la puerta.

—Así que tú eres la joven que tiene mi libro... Entrad ya, que se cuela el frío. Tomaremos el té en la cocina. Odio el desorden, por eso lo tomaremos allí. —La señora Sharpe pasó por alto los comentarios que Petra hizo en susurros acerca de lo bonita que era la casa, y se limitó a decir—: Mirad dónde ponéis los pies y no toquéis nada.

Calder pensaba para sus adentros que la señora Sharpe era bastante maleducada. En una persona de aspecto tan formal, su conducta resultaba extraña; ni siquiera los había saludado.

Las paredes de la cocina estaban decoradas con azulejos de Delft, y los platos guardados en las vitrinas de cristal eran azules y blancos. Una antigua mesa de madera ocupaba la mitad de la habitación: la superficie, desgastada por el tiempo, emitía un resplandor amarillo mantecoso. Las sillas eran grandes y pesadas, con cabezas de león talladas en la parte superior del respaldo. Sobre la mesa había una bandeja con una tetera, tazas y platillos, y una fuente con pastelitos de chocolate; las servilletas eran bordadas. En el medio de la mesa, en un jarro de loza, había un ramo de tulipanes rojos.

—¡Vaya, es el mundo de Vermeer! —Petra tocó los azulejos de la encimera, deslizando los dedos sobre el esmalte de color cobalto con evidente placer.

—Sentaos los dos. No estáis aquí para admirar las cosas. —El tono de voz de la señora Sharpe era muy cortante, aunque debió de darse cuenta de que había estado un poco brusca, porque continuó con más suavidad—: Estamos aquí para hablar de Charles Fort. Este joven me ha contado que encontraste mi ejemplar de *¡Mira!* en la librería Powell's. Pero no digáis nada hasta que terminéis de comer.

Calder y Petra se sentaron y bebieron, muy obedientes, el té en unas tazas tan finas que se podía ver la sombra del dedo a través de la porcelana. Al tragar, Calder hizo un ruido que rompió el silencio. A Petra le dio la risa, pero se atragantó con un pastel y tuvo que tomar un abrasador trago de Earl Grey para digerirlo.

—Bueno, Charles Fort. ¿Cómo lo interpretáis?

Petra se aclaró la garganta.

—Él cree que hay que averiguar la verdad sin dar importancia a lo que digan los demás. A Calder y a mí nos gusta eso. Me refiero a que sea un pensador valiente.

—Ya… —La señora Sharpe observaba a Petra con una intensidad que resultaba bastante incómoda.

La chica miró a su amigo en busca de ayuda.

—A Calder y a mí nos ha inspirado mucho su…, bueno, su manera de ver el mundo. Es como si la mayoría de la gente no tuviese el valor de cuestionarse las cosas, como hacía Fort.

—Sí. Sus ideas han significado mucho para mí —repuso la señora Sharpe contemplando fríamente su taza de té, como si en vez de ella hubiese hablado la taza.

A Petra le dio la impresión de que la anciana había hablado más de lo que quería. Pero antes de que pudiese pensar en una respuesta adecuada, intervino Calder.

—Entonces, ¿por qué se deshizo del libro?

En cuanto habló, Calder comprendió que había cometido un error. Entablar conversación con la señora Sharpe no resultaba fácil; era como jugar con un animal peligroso.

—Estaba harta de él. —El tono de la señora Sharpe daba a entender que no tardaría en cansarse también de Calder. Hubo otro silencio—. Tenía una mancha horrible, no sé si la habéis visto. Todos los libros de Fort se han vuelto a editar en un precioso volumen, que es el que tengo ahora.

Calder se mostró juicioso y permaneció callado.

Petra añadió más azúcar al té.

—Seguro que a usted le gusta Vermeer. La noticia del robo es horrible, ¿verdad?

El rostro de la señora Sharpe era como una máscara.

—A Charles Fort le habría parecido bien.

—¿Por qué? —preguntó Petra, asombrada.

Calder, sin embargo, creyó entender a la mujer y respondió:

—Se refiere a que le habrían parecido bien todas las preguntas, ¿a que sí?

La señora Sharpe soltó una especie de gruñido y el chico, consciente de que se había vuelto a pasar, clavó la vista en la mesa. Iba demasiado rápido, ¿qué le pasaba?

Petra intentó arreglar las cosas.

—Le habría parecido bien que la gente tuviese ideas propias.

Calder sacó un pentominó del bolsillo y empezó a darse golpecitos, con gesto nervioso, en la rodilla. Durante un minuto interminable, todo quedó en silencio.

—Creo que el ladrón es muy inteligente —afirmó la señora Sharpe.

Calder y Petra la miraron. Y Calder no pudo contenerse.

—Seguro que es muy listo, ¿y qué? ¿Eso convierte el robo en algo bueno? —Se produjo un silencio prolongado, y Calder tuvo la sensación de que los ojos de la señora Sharpe le taladraban la cabeza.

—Pienso, como Charles Fort, que la gente no presta suficiente atención a lo que tiene a su alrededor —contestó la anciana, que luego se levantó dando a entender que el té se había acabado.

Mientras seguían en silencio a la mujer, Petra y Calder procuraron absorber todos los detalles que veían en la casa: un cántaro de peltre…, varios tapices…, copas de cristal soplado verde…

—Tenemos que hablar pronto. Dejaré aviso al señor Watch —añadió, y la puerta se cerró antes de que los chicos tuviesen tiempo de responder.

Se quedaron mirándose a la luz del crepúsculo. Calder aún tenía en la mano algo y se dio cuenta de que era la F del pentominó.

—Para ser una persona a la que sin duda le encanta Vermeer, no parecía muy disgustada —comentó Petra.

Calder frunció el entrecejo.

—¿Sabes lo que me acaba de decir el pentominó? Fraude. Si la señora Sharpe no fuera tan mayor, le habría preguntado si tiene algo que ver con la desaparición del cuadro.

—¿Y por qué razón iba a robarlo? —preguntó Petra—. Además, ¿te la imaginas contratando a una banda de delincuentes para que le hiciesen el trabajo sucio? Pero lo que ha dicho sobre que la gente no ve lo que tiene delante… Eso parecía casi una pista.

Caminaron unos pasos en silencio.

Calder se rascó la barbilla con la F del pentominó.

—¿Crees que es la señora Sharpe la que ha sido víctima de un fraude o nosotros?

Esa noche Calder recibió otra carta de Tommy. Pasaba algo raro, aparte de la desaparición de Rana:

L1F1Z1N1P1T2:
T1T2P1N1 - F2P1 - N2W1Z1Z1L2 -
I1W2U2L1F1I2N1L2 - N2W1U2V2F1U2 - U2L2I1T2P1 -
T2F1I2F1 - F3 - U2P1 - P1I2T1F1N1L2. - F2P1 -
P2W2W1V2L2 - I1W1L1W1. - F2F1F2F1 - F3 - P1Z1,
N2P1Z1P1F1I2N1L2.

V2L2F2F2F3

Calder se consideraba responsable en cierto modo: había sido idea suya que Tommy hiciese de detective, y por su culpa su amigo se había metido en líos.

De repente, Calder se sintió mal porque Petra y él compartían secretos mientras Tommy estaba solo. Siempre se lo había contado todo a Tommy. En realidad, no quería excluirlo, pero es que habían ocurrido muchas cosas desde que no estaba.

Por tanto, decidió llamar a su viejo amigo. No tendrían tanta intimidad por teléfono como con las cartas, pero al menos podrían reírse un rato.

A Calder le respondió una grabación que decía que el número de Tommy había sido desconectado. Un escalofrío de miedo le bajó por la columna vertebral.

Marcó el número de Petra y le contó las novedades:

—No puedo evitar acordarme de las historias de Fort sobre gente que se desvanece en el aire, a veces dentro de una misma zona. Tú no crees que esto sea algo parecido, ¿verdad?

Por la voz, Petra parecía deprimida.

—No, pero ¿sabes qué? Mi padre se acaba de marchar en viaje de negocios y no ha querido decirle a mi madre adónde iba. No estaba enfadado ni nada por el estilo, pero ha dicho que no se lo puede contar de momento. Últimamente se ha comportado de forma muy extraña. Es como si también él hubiese desaparecido.

Ambos se quedaron callados unos momentos, y Calder fue el primero que habló.

—¿Tienes el cuaderno de Vermeer?

—Pues claro.

—¿Puedes añadir algo sobre el té de la señora Sharpe? ¿Y también sobre la carta de Tommy, el teléfono desconectado y el misterioso viaje de tu padre? Ya sabes que anotar las cosas sirve a veces para verlas más claras.

—Buena idea. Ven a mi casa, ¿vale?

Antes de que Calder llegase, Petra observó su última anotación en el cuaderno; decía: «Incógnita: ¿los objetos y las personas se repiten porque V. pintaba en casa?» Entonces se acordó. Se habían preguntado si las mujeres que aparecían en los cuadros de Vermeer eran de su familia y se rodeaban de las cosas que utilizaban en su vida cotidiana.

Petra, con aire distraído, subrayó «los objetos y las personas se repiten». Las personas se repiten. ¿Quién era la dama de *Mujer escribiendo*? De pronto, todo le pareció muy triste; no sólo el robo, sino la idea de que la dama no tuviese nombre. Anónima. Estaba oculta en algún lugar oscuro, sola y en peligro. Petra cerró los ojos. Cuando las lágrimas resbalaron por sus mejillas, se imaginó a la mujer mirándola, con los pendientes relucientes bajo la clara luz. «No te preocupes —parecía decir—. Me acuerdo de ti y estoy bien.»

Petra abrió los ojos, se sentó derecha y se sonó la nariz. «Pero ¿dónde estás?», preguntó la chica en silencio, emocionada, sintiéndose un poco tonta. Al pensar en un lugar seguro para esconder un cuadro pequeño se le ocurrieron sitios como cajones, armarios, vitrinas, roperos, arcones de mantas... Todo lo que se le ocurría era de madera. Y entonces Petra tuvo una extraña certeza: tenían que buscar madera oscura.

Cuando apareció Calder, Petra escribía como loca en el cuaderno.

—¡Calder! ¡Creo que tenemos una pista!

Le dijo que la mujer la había ayudado, en cierto modo, a pensar. Petra quería que Calder lo entendiese.

El chico se encogió de hombros y replicó:

—Es una idea lógica, ¿sabes? Madera oscura equivale a lugares elegantes. El ladrón es una persona educada, seguramente con mucho dinero... Él o ella puede muy bien vivir en una mansión con antiguas vitrinas o cosas de ese estilo. Bien pensado.

Petra escribió: «Buscar lugares con mucha madera en Chicago.»

Naturalmente, estaba la casa de la señora Sharpe, pero no recordaban haber visto nada que encajase con la descripción ni en la cocina ni en la sala.

—Tal vez podamos ver algo más de su casa cuando volvamos. Inventaremos una excusa para ir al cuarto de baño y subir las escaleras —sugirió Calder—, o tal vez pida algo en la librería Powell's antes. —Se rieron nerviosos al pensar en lo furiosa que se pondría la señora Sharpe si los sorprendía espiando—. Seríamos los siguientes en desaparecer, no te quepa duda —añadió Calder.

Los dos se sintieron mejor cuando tomaron un M&M azul y cerraron el cuaderno. Era un consuelo hacer planes.

13

Fuera los expertos

A la mañana siguiente se llevaron otra sorpresa, esa vez de parte de la señorita Hussey.

La profesora les pidió a sus alumnos que pensasen qué harían si el ladrón les hubiera escrito una carta personal antes de realizar el robo y se la hubiera enviado a sus casas.

—¿Se refiere a una carta como esas tres que mencionó el ladrón? —preguntó Calder.

—No necesariamente. Sólo nos estamos inventando una situación —respondió la señorita Hussey con un deje de aquel conocido tono que significaba: «Nos hemos metido en un asunto que puede resultar peligroso.»

Al percibir el trasfondo de emoción, la clase se quedó callada.

La señorita Hussey continuó explicando que la carta en cuestión les pediría ayuda de forma anónima. Dijo que el ladrón ofrecía un montón de dinero, garantizaba que se trataba de una buena causa y, por último pero no por ello menos importante, los amenazaba con la muerte si enseñaban la carta a alguien.

Petra garabateó una nota rápida para Calder: «¡La carta que perdí aquel día en Harper Avenue parecía igual a ésa! Aunque no conseguí acabar de leerla y no recuerdo la amenaza.»

Mientras Calder leía la nota de Petra, la señorita Hussey seguía hablando:

—Ésta es una cuestión de opiniones. En la carta no queda claro si el ladrón es bueno o malo. Me interesa lo que haríais vosotros. Y Calder, ¿me das eso, por favor? Sabes que no consiento ese tipo de comunicación durante la clase.

Calder le lanzó una mirada de complicidad a Petra, que se hundió en su asiento. El chico pasó con cuidado sobre el pie estirado de Denise y le entregó la nota a la señorita Hussey, que se la guardó en el bolsillo.

Aunque sabía que la señorita Hussey no iba a enfadarse, Petra se sentía intranquila. ¿Cómo podía ser la carta que les pedía que imaginasen tan parecida a aquella que hablaba de arte y delitos? Tal vez fuese sólo otra coincidencia, pura y simple; se habían producido muchas últimamente. ¡O a lo mejor la señorita Hussey también había encontrado la carta volando! Claro... La idea fue un alivio, y Petra se enderezó en la silla.

La señorita Hussey escribió algunas de las respuestas de sus alumnos en el encerado.

- Ir directamente a la policía y pedir protección.
- Esconder la carta y tratar de saber quién es el autor.
- Cambiar las cerraduras de las puertas.
- Hacer lo que se pide, vivir una aventura y confiar en no quebrantar la ley.
- Contárselo a un amigo y hacerle prometer que no lo dirá a nadie, y luego hablar sobre lo que se puede hacer.

La señorita Hussey escuchó con atención todo lo que decían los chicos, como siempre. Ante la última sugerencia, se le llenaron los ojos de lágrimas, que enseguida desaparecieron, mientras murmuraba algo sobre una mota de polvo que se le había metido en un ojo.

En el vestíbulo, Calder parecía disgustado y habló con Petra.

—¿Crees que la señorita Hussey recibió una de las tres cartas, se le cayó o algo así y tú la recogiste? ¿Y si nos está pidiendo ayuda al preguntarnos lo que pensamos?

—Pero ¿por qué iba el ladrón a pedirle a ella que lo ayudase? Al fin y al cabo, sólo es una profesora de sexto. —La voz de Petra sonaba insegura.

—A veces las buenas personas se ven atrapadas en asuntos sucios. —Calder estaba pensando en Tommy y en Rana, en el padre de Petra, en el propio Vermeer... ¿Tendrían que añadir a la señorita Hussey a la lista?

Como si estuviera jugando con los temores de Petra y Calder, el ladrón o ladrona reapareció a la mañana siguiente. Todos los periódicos del mundo publicaron un anuncio a toda página.

Tras la primera carta del ladrón, se había organizado un lío tremendo en torno a *Mujer escribiendo*. La pegadiza frase «Acabaréis dándome la razón» del mensaje que se había encontrado en el embalaje después del robo del cuadro se repetía por todas partes. La habían pintado con spray en los vagones del metro, en las paredes, en los edificios de Nueva York, Chicago, Tokio, Amsterdam. Se imprimió en camisetas baratas en inglés, holandés, francés, español e incluso japonés. Hubo manifestaciones delante de varios museos y fotografiaron a los manifestantes que desfilaban y gritaban. En los informativos nocturnos se emitieron imágenes de pancartas que decían cosas como: «¡Decid la verdad!», «¡Devolvedla!» o «¡Fuera los expertos!», «¡Viva Vermeer!», «¡Solamente la verdad!». Hubo días en que los empleados de los museos tuvieron que escabullirse, protegidos por la policía, entre las ruidosas multitudes para acceder a su trabajo.

Cuando esa primera oleada de pasión empezó a extinguirse, apareció el anuncio a toda página.

Decía simplemente: «Estáis haciendo lo correcto.» Sin lugar a dudas, la respuesta del público fue instantánea: hubo más correos y más publicidad.

Cuando la gente dio nuevas muestras de perder el interés, apareció otro mensaje que decía: «Tened paciencia. No renunciéis.» Y otra vez se produjo una avalancha de cartas.

El anuncio que Calder y Petra habían leído esa mañana en el *Chicago Tribune* antes de ir al colegio decía: «Me habéis dado la razón. Ellos acabarán por dárosla a vosotros.»

Debajo de la carta, en letra pequeña, los editores de los periódicos, presionados por el FBI, la policía y un comité de directores de museos, aseguraban que no publicarían más

anuncios misteriosos. Aquél era el último. El primero había sido enviado desde Nueva York una semana después del robo, el segundo desde Florencia la semana siguiente, y el tercero desde Amsterdam. Casi parecía como si el ladrón estuviese pavoneándose y burlándose de las autoridades.

Aquella mañana la señorita Hussey no le dijo nada a Petra de la nota que le había confiscado a Calder el día anterior. Tal vez ni siquiera la había leído, pensó la chica con alivio. La clase empezó con una discusión sobre el último anuncio del ladrón.

—¿Por qué la gente da por supuesto que el ladrón es una sola persona? ¿Acaso no podría ser un grupo? —preguntó la profesora, que con gesto distraído se dedicaba a enroscarse la coleta alrededor del pulgar.

Calder levantó la mano.

—¿No cree la policía que hay tres personas más que colaboran?

—No lo sé —respondió la señorita Hussey—. ¿De verdad? Supongo que depende de lo que se entienda por colaboración y de que esas tres cartas existan.

Parecía tan preocupada que Petra y Calder se preguntaron si el día anterior no habían alcanzado conclusiones precipitadas.

Los chicos de sexto tenían una cosa clara: a pesar de los debates que habían mantenido con la señorita Hussey a principios de curso, la carta como medio de comunicación seguía muy viva.

14

Luces deslumbradoras

Esa tarde Calder llegó a la librería Powell's en el momento en que el señor Watch estaba doblando la parte superior de una gran bolsa de papel. El hombre saludó a Calder con un gesto y comenzó a escribir S-H-A-R en el exterior de la bolsa con un rotulador de tinta permanente.

Antes de que Calder dijese nada, el señor Watch señaló un enorme montón de libros ilustrados para niños.

—Hay que colocarlos en las estanterías —le ordenó, y volvió a concentrarse en la bolsa y escribió P-E.

—Pero me gustaría llevar ese envío —replicó Calder de sopetón—. Es que es una señora encantadora —añadió sin gran convicción.

«¿Encantadora? —pensó inmediatamente—. No mucho.»

El señor Watch se levantó y se ajustó los tirantes.

—Los puedo llevar yo después del trabajo.

Calder contempló con pena los libros ilustrados. Cuando el señor Watch fue al baño, corrió hasta la bolsa y echó un vistazo.

No parecían los típicos libros que interesan a la mayoría de la gente. Había varios de historia de las matemáticas, un libro titulado *Sobre la pluralidad de los mundos* y otro cuyo título era *Las raíces del azar*. Cuando oyó la cisterna, Calder cerró la bolsa a toda prisa. Resultaba curioso que la señora Sharpe también estuviese pensando en las coincidencias.

Calder colocó los libros ilustrados en las estanterías con gran rapidez y fue al mostrador de recepción. El señor

Watch, sorprendido, le dedicó una sonrisa que dejaba al descubierto una hilera de dientes pequeñitos y puntiagudos. No era extraño que su jefe tuviera siempre la boca cerrada.

—¿Llevo el pedido ahora? —preguntó Calder.

El señor Watch se encogió de hombros.

—Muy bien —contestó, y luego metió la mano en el bolsillo como si estuviese buscando algo—. Un momento... No, no importa. Vete.

Calder corrió por Harper Avenue en dirección sur. ¿Debía parar en casa de Petra para decirle adónde iba por si sucedía algo? No, sería una ridiculez.

Cuando se abrió la puerta, a Calder le sorprendió ver que la señora Sharpe casi resultaba amable: las arrugas de su rostro dibujaron algo que se parecía a una sonrisa.

—Entra mientras preparo el cheque.

Calder volvió a echar un vistazo durante unos momentos. Aquella mujer tenía dinero, sin duda. ¿Qué hacía todo el día? Calder se fijó en un montón de papeles que había junto al ordenador. Como eran demasiado grandes para ponerlos sobre el escritorio, estaban en una mesa plegable. Tal vez fuera escritora. ¿Escritora y ladrona?

Cuando la señora Sharpe regresó, Calder se puso a dar saltitos con la esperanza de que la mujer entendiese la indirecta. La anciana se detuvo y miró los pies del chico como si tuvieran algo raro; entonces Calder se armó de valor.

—Señora Sharpe, ¿podría utilizar su cuarto de baño? No me encuentro bien.

La señora Sharpe señaló a su espalda con una mano huesuda.

—Sube las escaleras, a la izquierda.

Luego miró a Calder con ojos de lince, como si quisiera decirle: «Soy vieja, pero no estoy ida.»

Calder, sudoroso, se escabulló por las escaleras, que crujieron espantosamente bajo sus botas. Cuando llegó arriba, se detuvo y procuró asimilar todo lo que pudo. En efecto, a la derecha vio un gran armario de pie que sería un perfecto lugar de almacenaje; parecía idéntico al que estaba detrás del geógrafo en el cuadro de Vermeer.

Desde el piso de abajo Calder oyó la voz de la señora Sharpe:

—El interruptor está dentro, bastante alto.

—Ya lo he visto —respondió Calder, tanteando la pared de la primera habitación que encontró. Al encender la luz vio un enorme dormitorio en el que había otro armario con las puertas talladas que ocupaba casi toda la pared del fondo—. ¡Uy! —exclamó Calder haciendo como que se había perdido.

Salió al vestíbulo y apagó la luz de la habitación. Ah..., el cuarto de baño. Calder cerró la puerta, tiró de la cisterna a toda prisa y respiró a fondo varias veces.

Al bajar las escaleras se fijó en una vitrina empotrada, con pesadas puertas, debajo de un antiguo banco que había en el descansillo. En realidad, la casa estaba llena de muebles de madera para guardar cosas.

—Gracias, señora Sharpe —dijo el chico dándose cuenta de que no tenía que exagerar para fingir que no se encontraba bien—. Vendré a verla dentro de unos días con Petra.

La puerta principal se cerró casi sin darle tiempo a salir. Estaba claro que a la anciana no le gustaban las despedidas.

Calder fue directamente a casa de su amiga y la invitó a que lo acompañase a su casa, porque estaba más tranquila y tenían que anotar sus descubrimientos. Petra llevó el cuaderno de Vermeer.

En el camino, la chica dijo muy contenta:

—Mi padre acaba de llegar a casa. Ha estado haciendo un trabajo de investigación para su departamento. Lo raro es que fuera tan secreto, ¿verdad?

—No es tan raro —murmuró Calder—. Los secretos ya casi parecen normales estos días.

Se sentaron en el suelo de la habitación del chico. Primero, Petra anotó los títulos de los libros que había en la bolsa de la señora Sharpe y que Calder recordaba, y luego éste dibujó los armarios. Comieron varios M&M azules hasta que alguien llamó a la puerta.

—Calder, una carta para ti. —Su padre les sonrió brevemente—. Parece de Tommy.

Calder la abrió y empezó a descifrarla mientras Petra, fascinada, lo miraba.

—¿Cómo aprendisteis a hacer eso? —preguntó.

—Lo inventé yo —respondió el chico, encantado de que se hubiera presentado la oportunidad de que ella lo viese. Luego empezó a entender lo que estaba leyendo. Decía:

L1F1Z1N1P1T2:
T1T2P1N1 - U2P1 - V1F1 - W1N1L2.
P2W2P1T2P1F2L2U2 - X2L2Z1X2P1T2.
U2W1I2 - N1W1I2P1T2L2 - N2F1T2F1 - I1W2U2.
                                          V2L2F2F2F3

—¡Caramba! Petra, tenemos que hacer otra cosa: salvar a Tommy.

Calder y Petra se pasaron casi todo el fin de semana haciendo *brownies* y vendiéndolos en Harper Avenue. A los vecinos les dijeron que estaban recaudando dinero para que Tommy Segovia y su madre, Zelda, regresasen a casa porque el padrastro de Tommy los había abandonado en Nueva York. «Se fue de la noche a la mañana», así lo enfocó Calder, y todo el mundo se solidarizó y compró bizcochos.

El domingo a última hora de la tarde, cuando estaban metiendo la recaudación total de ciento veintinueve dólares en varios botes de café para llevarlos al banco, se produjo una noticia sobre el robo.

Era una noticia local.

Según el telediario de la noche, una anciana de Chicago había informado a la policía de que había recibido un extraño envío. Se trataba de una carta recibida en octubre, y la mujer era Louise Coffin Sharpe, que solicitaba protección policial.

—¿Qué? —gritaron Petra y Calder al mismo tiempo.

Dejaron el bote de monedas de veinticinco centavos que estaban contando y corrieron a la habitación de al lado, en la que los padres de Calder veían la televisión.

El presentador leía la carta. Petra y Calder se miraron perplejos: era igual a la que la señorita Hussey había descrito en clase. El presentador comentó que decidirse a entregar la carta a la policía «es un gesto que requiere mucho valor para una mujer mayor que vive sola». Era evidente que aquel hombre no conocía a la señora Sharpe.

—Oh, Dios mío, la carta se entregó en esta manzana. —La madre de Calder se dio una palmada en la frente—. ¡Calder, tú has estado por ahí!

—La señora Sharpe está implicada —le dijo Calder a Petra en voz baja—. ¿Crees que ha esperado todo este tiempo a que el ladrón volviese a ponerse en contacto con ella?

—Vete tú a saber. Y acuérdate de la carta de la señorita Hussey; eso no es pura coincidencia —aseguró Petra—. Está muy relacionada.

—¿Te acuerdas de que el marido de Louise Sharpe era un experto en Vermeer? —le dijo el padre de Calder a su esposa.

—¡¿Qué?! —exclamaron Calder y Petra a la vez.

El padre de Calder les contó que recordaba haber oído que el marido de la señora Sharpe había sido asesinado en Europa hacía décadas, y que cuando murió estaba investigando la obra de Vermeer.

Calder y Petra se miraron.

—¿Cómo lo asesinaron, papá? —preguntó el chico.

—No lo recuerdo, pero creo que se consideró un crimen callejero casual, un horrible caso de estar en el lugar equivocado a la hora equivocada. No arrestaron a nadie.

—Pobre señora Sharpe —dijo Petra—. En fin, eso explica en parte su extraño comportamiento.

—Y tal vez más cosas —añadió Calder.

Aquella noche los teléfonos sonaron sin parar en la zona de Hyde Park. Después de que Petra se fuera a su casa, Calder miró por la ventana del cuarto de estar y vio el resplandor azul de los coches de policía aparcados frente a la casa de la señora Sharpe. No cabía duda de que estaría a salvo. A Calder se le metió una idea inquietante en la cabeza: ¿y si la señora Sharpe era tan inteligente que había tendido una trampa? La creía muy capaz de eso. Aunque su marido hubiese sido asesinado, era difícil pensar que estaba asustada tantos años después. Y la señorita Hussey... ¿Qué le sucedía? Las piezas no acababan de encajar.

Petra, dos casas más allá, contemplaba las luces deslumbradoras en el techo, y sus pensamientos seguían el ritmo de los destellos azules.

¿Qué pasaba con la carta que había encontrado aquel día en Harper Avenue? ¿Sería una de las tres originales? ¿La señora Sharpe era realmente una víctima? ¿O la víctima era la señorita Hussey?

Los pensamientos de Petra giraban en círculos y no acababan de tener sentido.

15

Asesinato con chocolate caliente

Al día siguiente la Escuela Universitaria era un hervidero. La señorita Hussey no estaba, y se había filtrado a los periódicos el rumor de que la habían arrestado la noche anterior como sospechosa del robo. La clase estaba fuera de control; la sustituta se pasó la mitad de la mañana intentando frenar las acusaciones y el griterío.

—¡Sospechosa! ¡Ella jamás ayudaría a un delincuente!

—¿Cómo lo sabes? Tal vez la obligasen. ¿Te acuerdas de que tenía el brazo lesionado?

—Habría llamado a la policía inmediatamente. La conozco.

—Todos la conocemos, tonta. Lo que no sabemos es qué pasa.

—Alguien de esta clase llamó a la policía anoche.

—¡Ni pensarlo!

—¡Esa rata está acabada!

—Sí... ¡Un recuerdo!

Aunque por fin se calmaron, los alumnos de sexto se miraban unos a otros ceñudos y con desconfianza. Estaba claro que entre ellos había un traidor. La sustituta repartió hojas con juegos de palabras para mantenerlos entretenidos.

A la hora de comer Petra y Calder se sentaron juntos, como siempre.

—Me preocupa pensar que la carta que encontré en tu jardín era de la señorita Hussey y la había enviado el ladrón. Si fuera así, entonces ella no tendría ninguna prueba

114

de que era una de las tres... ¿Y quién me iba a creer si digo que la encontré y la perdí después? —Petra le daba vueltas en el plato al queso gratinado.

Antes de que Calder respondiese, Denise se acercó.

—¿Hay algo que no sepamos los demás, Petra? ¿Algo que te gustaría contarle a la policía? Basta ya de secretos. Y lo de pasar el tiempo en el jardín de Calder..., en fin...

Petra se apartó enfadada y al recoger la bandeja de la comida dio a Denise un golpe involuntario en el codo, lo cual hizo que a la chica se le resbalara el pudin que tenía entre las manos y se le escurriera por una pierna. Luego Denise patinó sobre el pudin, perdió el equilibrio y aterrizó de mala manera sobre la profesora sustituta, que estaba sentada muy cerca. Petra sonrió. Desde las otras mesas se oyeron risitas, y Denise le dijo a la sustituta que Petra la había empujado.

Calder y otros chicos se volvieron contra Denise, y al poco rato empezaron a gritar. Denise se puso colorada como un tomate y chilló:

—¡Os odio a todos!

La clase no pudo salir al recreo como castigo por mal comportamiento.

Fue un día horrible.

Hyde Park siguió apareciendo en los periódicos. Al día siguiente había fotografías de la señora Sharpe y la señorita Hussey en la portada del *Chicago Tribune*, junto a la buena noticia de que la profesora había recibido la misma carta que la anciana. La señorita Hussey salió en libertad e hizo declaraciones sobre el miedo que había pasado y que le había impedido hacer algo con la carta, igual que la señora Sharpe. A las dos mujeres se les dio protección policial las veinticuatro horas del día.

Surgieron muchas preguntas: ¿por qué un ladrón profesional había pedido ayuda a una anciana y a una joven maestra? ¿Por qué no había enviado más cartas tras la primera? ¿Quién tenía la tercera?

Un periodista añadía lo que Petra y Calder ya sabían: Louise Sharpe era viuda de Leland Sharpe, un especialista en Vermeer que había muerto en Amsterdam treinta y un años antes. Había escrito a su esposa diciéndole que acababa de hacer un descubrimiento importantísimo sobre la obra de Vermeer, pero lo silenciaron antes de que pudiese compartirlo.

La posibilidad de que su muerte estuviese relacionada con un descubrimiento sobre Vermeer lo cambiaba todo: la señora Sharpe podía muy bien estar asustada de verdad, y Petra y Calder reconocieron que lo más probable era que fuese inocente; o, al menos, inocente en parte... Con la señora Sharpe las cosas no eran tan sencillas.

—¡Señorita Hussey!

Al día siguiente, cuando la señorita Hussey regresó al colegio, los alumnos de sexto se arremolinaron en torno a ella y la abrazaron mientras le pisoteaban las zapatillas deportivas.

—¿Cómo es la cárcel?

—¿Ha pasado mucho miedo?

—¿Por qué no nos dijo que usted tenía una carta?

—¡Hemos estado muy preocupados por usted!

Las preguntas no cesaban, pero la señorita Hussey no quería hablar del arresto ni de la carta. Parecía feliz de haber regresado, aunque nerviosa. Cuando a alguien se le caía un libro o tropezaba con un pupitre, ella daba un salto, y miró al vestíbulo un montón de veces, como si temiese que el policía de guardia se hubiese ido.

La profesora descolgó todos los carteles de Vermeer y los recortes de periódico, y el aula se quedó como desnuda y cobró un aspecto deprimente. Preguntó a sus alumnos qué querían estudiar, pero cuando los chicos sugirieron ideas, dio la impresión de que no los escuchaba. Petra pensó en sacar a relucir la investigación sobre Charles Fort, pero comprendió que no era el momento.

Al día siguiente del regreso de la señorita Hussey, Petra salió de la clase de ciencias para ir a buscar a su aula un libro que se le había olvidado, y entonces se encontró a la señorita Hussey sola, apoyada en la puerta, hablando por un teléfono móvil.

Petra dio un par de pasos hacia el aula y se quedó de piedra, pues oyó: «Error... Pero por qué... Está aquí... ¡No puedo hacer eso!.» Y luego, la profesora rompió a llorar. Como no quería que la señorita Hussey supiese que la había oído, Petra se escabulló.

De repente sintió mucha lástima por la señorita Hussey. Era una persona estupenda. ¿Quién o qué la acosaba? ¿Estaban verdaderamente protegidas la señora Sharpe y la señorita Hussey?

Petra creía que no. A su profesora le pasaba algo muy extraño.

—Vamos, Calder —dijo Petra cuando acabó la clase—. Vamos a algún lugar al que no solemos ir, a un sitio del campus. ¿Qué te parece Fargo Hall? Tengo dinero para chocolate caliente.

Petra llevaba el sombrero calado casi hasta las cejas, y su pelo se extendía en abanico formando un halo negro en torno al borde. Caminaba un par de pasos por delante de su amigo.

—¿Recuerdas lo que dijo la señora Sharpe de que la gente no prestaba suficiente atención a lo que tenía a su alrededor?

—Claro que sí —respondió Calder.

—Creo que debemos prestar atención, ésa es la clave.

—¿Qué pasa? ¿Sucede algo? —Calder la miró con curiosidad.

—Te lo diré cuando lleguemos.

Anduvieron en silencio bajo la luz tenue del atardecer y se dirigieron dos manzanas al norte por la avenida de la Universidad. Fargo Hall, con un siglo de antigüedad, tenía gárgolas de piedra y cabezas humanas esculpidas en los torreones y las cornisas. Una maraña de hiedra muerta se aferraba a los muros de piedra caliza.

Cuando empujaron las pesadas puertas de la calle Cincuenta y siete, percibieron una reconfortante oleada de calor y desorden estudiantil. Petra compró dos chocolates calientes con nata montada y se dirigieron hacia las puertas de cristal que conducían a un gigantesco salón. En la chimenea ardía el fuego, y los estudiantes, instalados en sillones, se encontraban a su alrededor hablando en voz baja o leyendo.

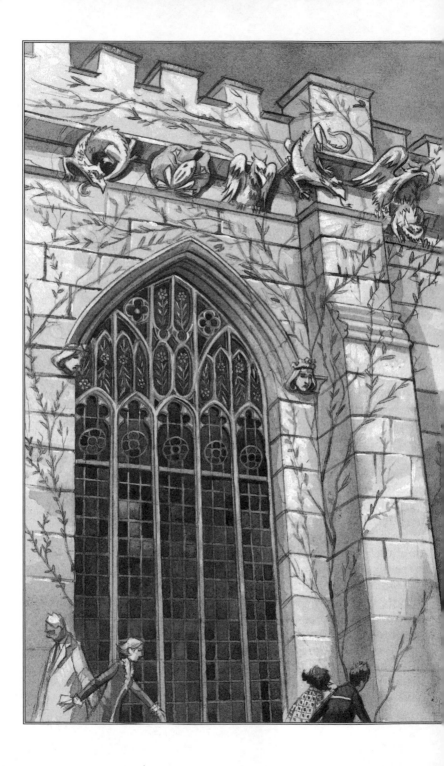

Calder y Petra se sentaron en unas enormes butacas de cuero que había en un rincón.

—Esto es lo que pienso —empezó Petra—. Tú y yo sabemos algunas cosas que los demás no saben. Están todas las coincidencias que nos han guiado, los sitios para guardar cosas de la casa de la señora Sharpe, y mi intuición de que el cuadro podría estar escondido tras un mueble de madera oscura.

—En efecto. —Calder asintió observando las paredes del salón en el que se hallaban—. Está por todas partes.

—Creo que debemos acelerar la marcha y empezar la búsqueda de forma activa. —Petra le contó a Calder la conversación telefónica de la señorita Hussey—. Tengo el presentimiento de que se encuentra realmente en peligro. Tal vez no dispongamos de mucho tiempo.

Calder dejó la taza a un lado y se dedicó a acariciar los pentominós con nerviosismo.

—Chist —siseó Petra al darse cuenta de que alguien los miraba fijamente, alguien que estaba sentado en un oscuro sillón al otro lado del salón.

Calder sacó una ficha.

—Es la U. La U de urdir… No, no es eso. Es la U de último. Último, tal vez el cuadro esté escondido debajo de algo.

—¿Qué más tenemos? —preguntó Petra.

—Bueno, lo que has oído hoy.

—… Está aquí… —Petra repitió las palabras de la señorita Hussey.

—¡Aquí! —exclamó Calder—. Imagínate que la señorita Hussey, llena de valor y con ganas de hacer algo por el arte, ayudó al ladrón. ¿Y qué te parece esto? Imagínate que la señora Sharpe y ella trabajan juntas. Se conocen. Imagínate que la señorita Hussey escondió el cuadro y que la señora Sharpe sabe dónde está. Imagínate que hayan escogido un sitio que conocen las dos. ¿Cuál sería el lugar lógico?

—¡Tal vez la U sea de universidad! ¡Qué lugar tan ingenioso para esconder algo, en medio de cientos de alumnos!

Calder frotaba la ficha de la U contra el brazo de la butaca para recalcar lo que decía.

—Genial, e imagínate que encontramos el cuadro y nadie se entera de que la señorita Hussey estaba metida en el asunto; excepto tú y yo, que nunca lo diríamos. Las salvaríamos a las tres: a la dama del cuadro, a la señorita Hussey y a la señora Sharpe.

—¿Y qué hay de la tercera persona? ¿La persona que tiene la carta número tres?

Petra echó un vistazo para comprobar si el sillón de la esquina estaba vacío.

—Un enigma, esa pieza difícil de los rompecabezas que crees que no existe hasta que la necesitas —dijo Calder guardándose la U en el bolsillo.

Procuraron no emocionarse demasiado. Charles Fort, como le recordó Calder a Petra cuando regresaban a sus casas, había registrado «294 casos de lluvia de seres vivos» sin saber por qué.

16

Una mañana en la oscuridad

La Escuela Universitaria se alzaba en torno a un patio central. Gracie Hall, convertido en escuela primaria, se había construido en 1903 para albergar la innovadora escuela de John Dewey. En el lado oeste del patio interior se encontraba King Hall, construido treinta años después como sede del Departamento de Pedagogía de la Universidad de Chicago. La idea era que se pudiese observar lo que ocurría en el famoso laboratorio de John Dewey. En el lado este había una nueva escuela secundaria, construida en 1990, mientras que el instituto, de 1960, se encontraba en el norte. Poppyfield Hall, oculto tras el instituto, se remontaba a 1904 y tenía salas de música y arte.

A la mañana siguiente, Calder y Petra se sentaron en un banco del vestíbulo de Gracie Hall. Estaban frente a una chimenea de piedra sobre cuya repisa había un busto de Francis Parker. A Parker, que había sido colega de Dewey, le habían puesto una gorra del equipo universitario de béisbol y una bufanda roja alrededor del cuello.

—El cuadro es pequeño, ¿recuerdas? La tela mide sólo cuarenta por cuarenta y cinco centímetros.

Calder jugueteaba con sus pentominós.

—Piensa: todos los días entran y salen de este edificio cientos de jóvenes y personas mayores. Por la noche trabaja el personal de limpieza. ¿Dónde hay un lugar en el que nadie moleste?

Calder sacó una pieza de pentominó del bolsillo y la miró.

Los dos observaron la X que había en la palma de la mano de Calder.

Se la guardó y volvió a sacar otra pieza: era una I.

Se quedaron sin saber qué decir. Calder se la guardó en el bolsillo y sacó una tercera pieza: otra I.

—X+I+I es igual a XII, que es doce en números romanos —dijo Petra—. Pero no hay doce pisos... Hum, no lo entiendo. —Calder se encogió de hombros.

Petra se sentó derecha con las manos sobre las rodillas.

—Vamos a pensar como la señorita Hussey. Tendría que encontrar un sitio sin goteras, ni ratones, ni cosas por el estilo.

Calder se dedicaba a rascar las piezas contra el banco de madera.

—Doce... ¿Qué puede tener la señorita Hussey que sume doce?

—Lleva todos esos pendientes: una llave, una perla, un zapato de tacón...

Calder comenzó a murmurar:

—Llave-perla-zapato... Zapato-perla-llave... Perla-zapato-llave... Tacón-llave-perla... Llave-perla-tacón...

—¡Eh! Eso suena a «Ve por el rincón», ¿a que sí? —Petra se rió—. Has conseguido que acabe pensando como un pentominó. ¡Tal vez signifique que está en un rincón de Gracie Hall!

Calder, emocionado, estrechó a Petra entre sus brazos y reconoció:

—Bien pensado.

Al colocarse las gafas, Petra procuró no mostrarse demasiado contenta.

Calder y Petra coincidieron en que deberían fingir que iban a hacer un plano general de la escuela, lo cual les serviría de excusa para fisgonear durante la comida. Nadie que no fuera de su curso sabría que no era un trabajo de clase.

A la hora de comer, armados con cintas métricas, carpetas y lápices, recorrieron la planta baja y registraron hasta los lugares más insospechados. Miraron en los trasteros, detrás de los archivadores, debajo de las camas de la enfermería, dentro de los viejos dispensadores de toallitas de papel del cuarto de baño, y bajo sombreros y manoplas en la oficina de objetos perdidos.

Al día siguiente recorrieron la primera planta, aunque era difícil registrarlo todo. La mayoría de las aulas tenían armarios, cajones y estanterías centenarias, y les costó trabajo explicar por qué tenían que mirar el interior de todos esos muebles para medir el aula. A Petra la mordió un hámster, y en la clase de ciencias a Calder, sin querer, las cucarachas que estaban en una caja se le escaparon por la rejilla de la calefacción. A Petra se le cayó sobre un dedo del pie un enorme trozo de piedra caliza que estaban examinando los de cuarto, y Calder irritó a una profesora de tercero cuando al mirar detrás del tablón de anuncios despegó unos dibujos del gran incendio de Chicago.

Habían recorrido todo Gracie Hall excepto el sótano, que estaba cerrado con llave.

Entonces decidieron hablar con la señora Trek, directora de la escuela primaria, para que los dejase entrar. Como le encantaba que los estudiantes hicieran trabajos, estaban seguros de contar con su ayuda. Le contaron lo del plano, y la directora aceptó bajar con ellos al día siguiente.

—Eso nos fastidia todo el plan —comentó Calder mientras hurgaba en su taquilla buscando el libro de matemáticas, sin darse cuenta de que Petra ya se había marchado.

Entonces una voz a su espalda replicó:

—¿Hablas solo? ¿Dónde está tu novia? —Era Denise. Calder sintió que le ardía la cara y cerró de golpe la puerta de la taquilla. Alguien debería encerrarla a ella en cualquier parte... y para siempre.

El lunes por la mañana se reunieron con la señora Trek, como habían planeado. Tras revivir la excursión al sótano que habían hecho cuando estaban en párvulos, lo cual constituía una tradición en la escuela primaria, Calder y Petra observaron cómo la directora forcejeaba con la cerradura.

Se habían olvidado de lo extraño que resultaba aquel lugar: las paredes eran de piedra viva y el piso desigual; los ángulos rectos no existían bajo el nivel del suelo. Vieron montones de alfombras enrolladas, bancos rotos, un lío de cañerías y hasta una bañera con patas. Los viejos pupitres apilados tapa contra tapa proyectaban formas finas e irregulares. La señora Trek acababa de abrir el almacén cuando su teléfono móvil empezó a sonar: un padre quería hablar con ella en su despacho.

—Oh, cielos… ¿Estaréis bien si os dejo aquí un minuto? Vuelvo enseguida.

En cuanto se fue, Calder y Petra abrieron la puerta del almacén. Llenos de valor, se encararon con la oscuridad mientras Calder buscaba la luz a tientas. El interruptor no estaba junto a la puerta. El chico avanzó un par de pasos, tropezó con una cuerda que colgaba del techo y tiró de ella: entonces se iluminaron estanterías llenas de cartulinas, cajas de lápices y reglas. Los profesores podían bajar allí para buscar material, y los dos niños se imaginaron a la señorita Hussey utilizando el lugar como escondite.

No tenían tiempo de hablar. Rápidamente, pasaron las manos por los estantes, miraron detrás de las cajas de cartón e intentaron levantar los cajones. En un rincón había varios marcos antiguos, y detrás de ellos, apoyado contra la pared, vieron un paquetito cuidadosamente envuelto en papel de estraza. No tenía tanto polvo como los demás, y era del tamaño correcto, sin la menor duda.

En ese momento oyeron pasos que bajaban las escaleras y que la señora Trek los llamaba. Cuando la directora llegó al almacén, Petra estaba sola.

Petra le dijo a la señora Trek que Calder había tenido que ir al baño. Mientras se dirigían a las escaleras, la chica le preguntó si podían regresar a media mañana.

—Me temo que no volveré a disponer de tiempo hasta mañana. —La directora sonrió con amabilidad tras cerrar la pesada puerta metálica—. ¿Podréis esperar?

—Claro —respondió Petra mientras su cerebro bullía de actividad—. No hay problema.

En cuanto entró en clase, Petra le dijo a la señorita Hussey que Calder tenía cita con el dentista esa mañana y se deslizó en su asiento. Aunque lo intentó, fue incapaz de prestar atención. Pidió permiso para ir al baño varias veces y aprovechó para bajar al sótano y dar unos golpecitos en la puerta, pero no recibió respuesta.

Calder permaneció agachado durante lo que para él fueron horas. Nunca había estado en una oscuridad tan impenetrable. Al parecer, el sótano no tenía ventanas. Hubo un momento en que oyó el ruido de algo que correteaba. Calder sabía que en Gracie Hall, como en la mayoría de los antiguos edificios de Hyde Park, había ratones. Y estaban también aquellas cucarachas que habían escapado por una rejilla. El chico se puso de pie.

Con el cuadro entre los brazos, dio dos pasos, y luego otros dos. ¿Qué pasaría si había un monstruo en el sótano, alguien que se había colado cuando el portero no vigilaba?

Subió las escaleras canturreando desafinadamente. Cuando llegó al descansillo, intentó abrir la puerta de la planta baja. La manilla se movió, pero la puerta tenía el cerrojo echado. Bajó de nuevo procurando no tocar las paredes. Era mejor no estar a la vista. Si tenía suerte, tal vez alguien bajase a buscar lápices y dejase la puerta abierta el tiempo suficiente para que él pudiese escabullirse.

Se recordó a sí mismo que seguramente tenía entre los brazos uno de los mayores tesoros del arte mundial. ¿Qué significaban unas pocas horas de su vida en comparación con las aventuras que la dama del cuadro debía de haber vivido durante trescientos años? Además, Petra y él iban a ser famosos. Los entrevistarían en la televisión. Saldrían en el *Chicago Tribune*...

A tientas encontró una silla y se sentó muy despacio. Sería mejor que dejase de soñar despierto. Tenían que suceder muchas cosas antes de que el cuadro estuviese a salvo, si se trataba realmente del cuadro. Para entretenerse, se dedicó a resolver rompecabezas de memoria.

Primero hizo tres pentominós diferentes de doce piezas. Luego intentó escribir a Tommy, pero sin el código a mano resultaba difícil.

Después Calder sintió que lo vencía el sueño. Aquel lugar era todo silencio y oscuridad.

Petra fue corriendo a la secretaría de la escuela primaria a la hora de comer.

—La señora Trek no está, bonita. No volverá en todo el día. —La secretaria parecía enfadada.

Petra se llenó de decisión.

—El sótano… Mi amigo Calder y yo tenemos que terminar un trabajo hoy… ¿Puede alguien abrirlo para que entre?

—No dejamos que los alumnos se queden solos allí, ya lo sabes.

—Pues la señora Trek dijo que era estupendo que acabásemos el trabajo —mintió Petra—. Dijo que haría una excepción. Por favor. Además, somos de sexto.

La secretaria miró a Petra y suspiró.

—Muy bien. Pero déjame ir a comer.

Cuando la secretaria se fue, Petra registró su mesa. Tal vez las llaves estuviesen en un cajón. Si las encontraba, ¿debería salir corriendo para liberar a Calder? Si la secretaria la acompañaba, los descubriría. Calder llevaba allí toda la mañana. Era mejor que la castigasen por apoderarse de las llaves.

Dio la vuelta a la mesa rápidamente, abrió el cajón de un tirón y encontró lo que, sin lugar a dudas, era el grueso aro de las llaves maestras. Se las metió en el bolsillo de los pantalones y se dirigió a la entrada del sótano lo más rápido que pudo procurando no levantar sospechas.

Esperó junto a la puerta e hizo como que llamaba por el teléfono público hasta que no vio a nadie en ninguna dirección. Tenía las manos torpes y húmedas. Primero una llave…, no. Luego otra…, no. Se acercaba alguien. Petra agarró el teléfono otra vez con el corazón a punto de estallar. Estaba segura de que las personas que pasaron a su lado oirían sus latidos, pero nadie se detuvo.

La tercera llave giró con facilidad. Petra empujó la puerta del sótano, encendió la luz y entró.

—¡Calder! ¡Calder! —susurró Petra al pie de la escalera.

No hubo respuesta. Estaba demasiado silencioso. ¿Acaso no la oía? Cuando sus ojos se acostumbraron a la oscuridad, distinguió una pequeña figura hundida en una silla con el paquete firmemente apretado entre los brazos. La primera idea de Petra fue que Calder se había muerto de miedo.

Se acercó a toda prisa y le dio un empujón.

El chico se enderezó de repente.

—¡Dios mío, Petra! Me merezco cinco kilos de M&M azules por haber estado aquí abajo tanto tiempo.

—Me alegro de que te encuentres bien, pero date prisa, Calder. He tenido que robar las llaves. ¡Vamos!

Subieron las escaleras, asomaron la cabeza por la puerta y salieron al vestíbulo principal en cuestión de segundos, cerrando la puerta del sótano al salir. Luego Petra tomó una chaqueta de la oficina de objetos perdidos de la entrada y la echó sobre el paquete en el preciso momento en que la secretaria doblaba la esquina con su comida.

—Hola a los dos. Ahora vuelvo para abriros. No tardaréis mucho, ¿verdad?

Ambos sacudieron la cabeza en silencio.

En cuanto la mujer se dirigió a la oficina, Petra miró a Calder horrorizada.

—¿Y ahora qué? ¿Qué hacemos con las llaves?

—Dejarlas en la puerta del sótano. Creerá que la señora Trek se las dejó allí.

Petra y Calder estaban demasiado nerviosos para hablar al salir del colegio. Subieron corriendo los escalones que conducían a la casa del chico y fueron directos a su habitación.

Tuvieron que pelear con la cremallera de la mochila de Calder. Al salir de clase, con las prisas, habían pillado con ella la tela.

—¡Qué estupidez! —Calder tomó las tijeras de su mesa y cortó la mochila para abrirla.

A continuación arrancaron la cinta adhesiva que envolvía el papel de estraza; emergieron entonces los bordes de un marco de madera oscura y la parte de atrás de un viejo cuadro. Le dieron la vuelta.

Una especie de mujer con una cabeza en forma de pera y un moño verde estaba sentada ante una mesa escribiendo. La única oreja visible aparecía adornada con una pelota de pimpón colgante. Detrás de ella había una luna anaranjada y un castillo difuminado. El cuadro podía ser obra de un alumno de segundo, un alumno de segundo que quizá ya fuese abuelo.

No era la dama que ellos estaban buscando.

17

¿Y ahora qué?

Al día siguiente Calder se quedó en casa con un resfriado y Petra tuvo que ir sola al colegio.

Estaban a principios de diciembre, y los trozos de hielo se alternaban con los montones de hojas marrones. Petra arrastraba los pies sin dejar de pensar en Charles Fort. Él no se habría desanimado y mantendría los ojos bien abiertos. Con esa idea en mente, recogió un pedazo de papel cuadriculado del suelo y leyó:

> *Aceite de maíz.*
> *Mantequilla.*
> *Bolsitas de té.*
> *Cebollas.*
> *Uvas verdes.*
> *Beicon.*

Petra se guardó el papel en el bolsillo. ¿Había poesía allí, en aquella combinación accidental de palabras? ¿Acaso Fort habría visto una pista interesante o un secreto del universo en una lista de la compra?

Un día podían hacer algo así con la señorita Hussey: combinaciones aleatorias de sonidos e ideas. ¿Por qué algunas palabras resultaban más elegantes y airosas que otras? ¿Por qué unas sonaban a mantequilla de cacahuete y mermelada y otras a caviar? ¿Qué tenían las palabras «cebolla» y «bolsita de té» para resultar tan simples? ¿Por qué palabras como «hielo» o «exquisito» parecían como de encaje?

Inspirada por la idea, Petra encontró otro pedazo de papel. Estaba metido entre un seto espinoso junto a la casa de la señora Sharpe, y roto por abajo. Lo habían doblado en cuatro partes y parecía gastado.

Petra lo abrió con cuidado y comenzó a leer:

Estimado amigo:
Me gustaría que me ayudase a desvelar un delito que sucedió hace siglos...

Petra fue corriendo a casa de Calder.

—¿Alguien te vio recogerlo?

—Eché un vistazo y sólo había una persona cruzando la calle.

Calder se sonó vigorosamente.

—¿Crees que es la misma carta que habías empezado a leer y que salió volando?

—No puede ser. Tal vez haya una cuarta carta —refunfuñó Petra.

Calder buscó sus pentominós.

—Resulta espeluznante pensar que alguien metió con todo cuidado esta carta entre los setos de la señora Sharpe.

—¿Se lo contamos a la policía? Eso haría más difícil nuestra investigación.

—Bien pensado. Pero ninguno de los dos debe andar por ahí solo. Podríamos acabar como ese chico, Rana.

Doblaron la carta otra vez, la metieron en una bolsa de sándwiches y la guardaron en la caja del geógrafo.

Luego se tomaron un M&M azul, y después otros dos cada uno.

Calder tenía en la mano la P del pentominó.

—P de pedir —dijo intentando sonreír.

Petra parecía horrorizada.

—¿Y si fuese P de perseguir? —repuso—. ¿Y si nos persiguen?

—No, yo creo que es la P de pedir, como cuando rezas para estar a salvo —respondió Calder.

—Sí, tal vez debamos pedir que no nos persigan ni nos hagan daño —añadió Petra, y los dos se asustaron.

• • •

Al día siguiente salieron a la luz más noticias. Por la mañana apareció en las tiendas un libro titulado *El dilema de Vermeer, ¿y ahora qué?* Curiosamente, era un libro de arte que podía muy bien costar cincuenta dólares, pero que, sin embargo, se vendía al increíble precio de un dólar con cincuenta centavos, menos de lo que costaba una hamburguesa Big Mac. Gracias a una donación anónima podían comprar el libro «todos los interesados en Vermeer y en aquella lamentable situación». Era obra de un prestigioso historiador del arte y contenía láminas que reproducían con un excelente color todos los cuadros atribuidos a Vermeer.

El primer día se vendieron miles de copias en Estados Unidos, y otros países registraron ventas similares.

El libro trataba de todas las cosas positivas producidas por aquel terrible delito. La gente miraba y hablaba de cuadros como nunca lo había hecho. Comparaban los muebles, las baldosas, la estructura de una ventana de cristal emplomado, los pliegues de una falda de satén... Cotejaban cómo la luz incidía sobre una uña o el hueso de la muñeca de alguien, el aspecto del asa de una cesta de mimbre o un bucle de pelo. Examinaban obras de arte con una intensidad y una concentración que generalmente sólo empleaban los compradores de coches o de equipos electrónicos. Era corriente ver grupos de personas que señalaban y discutían con gran energía ante un Vermeer. Los museos eran los lugares más concurridos y animados.

Era la primera vez que muchas personas «sin preparación» pensaban que podían decir algo válido sobre una obra de arte, algo que tal vez influyese. Era la primera vez que mucha gente comprendía lo turbias y cambiantes que podían ser las aguas de la Historia. Cuando un artista no dejaba documentos personales, cuando pasaban siglos, ¿quién garantizaba que sus seguidores o los falsificadores no se aprovechasen de su nombre para conseguir dinero? Y, desde luego, la idea de corregir un error secular, de poner de relieve que los especialistas de los museos y las universidades no eran tan expertos como ellos creían, resultaba irresistible.

También los niños pensaban en Vermeer: hacían comparaciones, escribían, visitaban los museos con sus amigos... Muchos decían que no se habían dado cuenta de lo geniales que podían ser los cuadros antiguos. Tampoco habían reparado en que el arte de los museos resultaba a veces misterioso, y que los adultos no siempre sabían qué significaba ni de dónde venía.

El autor del libro decía que todo aquel alboroto probablemente favorecería a los historiadores del arte y a los conservadores de los museos, pues los obligaba a poner en duda teorías que se habían aceptado durante décadas y a revisar punto por punto todo lo que habían aprendido. ¿Tenía razón el ladrón? ¿Era el público el que la tenía? ¿Por qué los que llamaban Vermeers «tempranos» y «tardíos» no poseían aquel toque luminoso y evocador?

El libro terminaba afirmando tajantemente que aunque lo que había hecho el ladrón para llamar la atención del mundo del arte no estaba bien, la relación del público con Vermeer y con otros grandes maestros había cambiado de forma radical gracias a él. En todo el mundo la gente había adquirido una familiaridad con las obras de arte que no tenía precedentes. El robo había sido un golpe de suerte.

La última página contenía un mensaje para el ladrón. Independientemente de que los museos cambiasen o no las etiquetas que catalogaban los cuadros de Vermeer, el público había realizado la sorprendente tarea de sacar a la luz los posibles fraudes. Todo el mundo miraba. Según el autor, sólo era cuestión de tiempo que los museos respondieran al criterio de la gente. Mientras tanto, *Mujer escribiendo* debía ser devuelta. El ladrón podía darse por satisfecho, pues su misión había alcanzado el éxito.

18

Una mala caída

Petra y Calder hablaron del libro al día siguiente, cuando iban al colegio.

—Todas esas preguntas que hace gente de todo el mundo... —dijo Petra, que seguía emocionada por lo que había leído—. Así el robo parece bueno en parte.

—Sí, pero ¿y si resulta que el ladrón no es tan estupendo como parece? ¿Y si en realidad es un psicópata?

—En la radio han hablado de eso esta mañana. —Petra miró a Calder de reojo—. Pero ¿no crees que yo sabría de alguna manera si a la dama le han hecho daño?

Caminaron unos pasos en silencio y Calder le dio una patada a un montón de nieve.

—Tal vez sí o tal vez no. Ojalá te hubiese dicho algo más, como: «Baja por esta calle, sube esos escalones, abre ese armario y ¡sorpresa!»

Estaban riendo cuando doblaron la esquina de la casa de la señora Sharpe. Se encontraron entonces, horrorizados, ante las luces deslumbradoras de una ambulancia. Los niños se quedaron boquiabiertos al ver una camilla en la puerta de la casa: en ella transportaban a la anciana, bien sujeta bajo un montón de mantas. Parecía insignificante y pálida. Dos policías seguían a los técnicos de urgencias.

—¡Señora Sharpe! ¿Se encuentra bien? —le preguntó Petra.

—¿Qué ha pasado? —quiso saber Calder.

Al oír las voces de los chicos, la anciana volvió la cabeza.

—¡Oh, qué bien! Sois vosotros dos... Cerrad la boca antes de que se os congele la lengua. —La señora Sharpe intentaba sacar la mano de debajo de las mantas—. ¡Paren, camilleros! Quiero hablar con los niños. Los conozco. —El tono imperioso de la señora Sharpe hizo que todos se quedaran quietos—. He resbalado y me he roto algo en una pierna. Una estupidez por mi parte, lo reconozco. Jamás me había roto nada. Pensaba llevar esta carta al correo hoy. Tal vez alguien del hospital pueda enviarla, pero preferiría dárosla a vosotros.

—No hay problema.

Calder se acercó para recoger la carta que la señora Sharpe tenía en la mano. La anciana lo miró entonces con un asomo de su antigua severidad.

—Y ni te olvides ni la pierdas, chico. —La señora Sharpe contempló la cinta adhesiva plateada que cerraba la mochila de Calder cuando éste metió en ella la carta—. Si queréis, podéis visitarme en el hospital después. Seguro que me meten en una habitación horrible.

—No se preocupe, señora Sharpe. Echaremos su carta al correo. ¿Quiere que le llevemos sus libros o alguna otra cosa? —le preguntó Petra.

—No, no... Oh, ¡cómo me duele esta maldita pierna! ¡Estúpida, estúpida! —exclamó la anciana hundiéndose en la camilla.

—¿Está lista, señora? —le preguntó educadamente uno de los técnicos del servicio de urgencias.

—Pues sí. ¿Acaso cree que estamos tomando el sol en La Riviera? —El aire helado apagó la voz de la señora Sharpe mientras la introducían en la ambulancia.

Los chicos contemplaron cómo se la llevaban.

—Pobrecilla. Creo que no volveremos a tomar el té con ella durante un tiempo —comentó Petra.

—Me pregunto para quién es esta carta. —Calder buscó en su mochila y la sacó. Estaba dirigida, con una pulcra letra de ordenador, a la señorita Isabel Hussey.

En el colegio acercaron la carta a la luz, pero era imposible ver algo a través del sobre. Resultaba tentador dársela directamente a la señorita Hussey, pero le habían hecho una promesa a la señora Sharpe. Era difícil saber con quién debían ser leales o qué consecuencias tendría cualquiera de las dos decisiones.

Al salir de clase, se abrieron paso entre la nieve hasta la oficina de correos del campus.

—Podríamos abrirla con vapor —sugirió Calder.

—Tal vez sólo quiera mostrarse solidaria, y nosotros somos un poco suspicaces —dijo Petra.

—¡Eh! ¿Y si rompemos el sobre y después metemos la carta en otro nuevo? ¡Sólo tenemos que volver a escribir la dirección!

Se detuvieron emocionados y entrechocaron las palmas de las manos. Pero de repente Petra cambió de opinión.

—¿No es muy falso por nuestra parte? Vamos a su casa a tomar el té, nos portamos como niños buenos y luego la traicionamos. ¿Acaso nos gustaría que alguien en quien confiamos leyese nuestras cartas? Seguramente es así como las personas se convierten en delincuentes. Primero hacen algo un poco malo, luego algo peor…

—Bueno, no es como si no la fuéramos a enviar. Mantenemos nuestra promesa. Es una situación de emergencia, ¿te acuerdas? Tenemos la misión de salvar a la señorita Hussey, a la dama del cuadro, a la señora Sharpe y a nosotros mismos. También nosotros podríamos estar en peligro ahora que tenemos la tercera carta.

—Entonces lo que vamos a hacer es para proteger a todo el mundo.

—En efecto. Sólo estamos haciendo un trabajillo de detectives muy necesario.

Estaban dentro de la oficina, junto a una de las ranuras de la pared en la que ponía: «CARTAS SELLADAS.»

—Podemos comprar un sobre y volver a escribir la dirección —dijo Calder hurgando en sus bolsillos para buscar cambio.

Sin embargo, Petra aún seguía preocupada.

—¿Y qué nos hará la señora Sharpe si se entera? ¿Y si la señorita Hussey reconoce nuestra letra?

—Esto no puede fallar. Echaremos la carta al correo nada más leerla. La señora Sharpe jamás se enterará, y estoy seguro de que la señorita Hussey romperá el sobre.

En ese momento alguien empujó el brazo de Calder y la carta cayó al suelo. Calder se agachó para recogerla, pero la mochila le resbaló del hombro e hizo que Petra y él cayesen de lado. La carta quedó debajo de la bota de cuero de un hombre.

—¡Ay! ¡Lo ziento mucho! ¿Ezto también ez para enviar? —El hombre agarró la carta con una gran manaza roja y la echó por la ranura con las suyas.

—¡Esto es increíble! —siseó Calder.

Petra le dedicó una débil sonrisa.

—Supongo que nos hemos librado de una vida dedicada al delito.

Cuando llegaron al hospital, la señora Sharpe estaba en la cama con una pierna vendada.

—No puedo ofreceros té, pero sí esto. Es lo único que he podido conseguir. —La señora Sharpe les dio una gran piruleta de chocolate a cada uno y pulsó varios botones para elevar la cabecera de la cama—. Quería daros las gracias por haber echado mi carta al correo. —Los tres se quedaron callados unos momentos—. Supongo que os preguntaréis de qué trataba... —Calder miró su piruleta y Petra tragó saliva ruidosamente. La señora Sharpe entrecerró los ojos—. ¡Niños! ¿Habéis enviado la carta? ¿Hay algo que no me hayáis contado?

Calder decidió hablar claro.

—Bueno, verá... Nos fijamos en que la carta era para la señorita Hussey... que es nuestra profesora... y hemos seguido las cartas y los anuncios del ladrón en el *Chicago Tribune*... y trabajamos juntos para encontrar a la dama... porque Petra soñó con la dama... y por eso queríamos leer la carta... Teníamos curiosidad por saber si también usted estaba preocupada por la señorita Hussey.

—¡Cállate! ¿Habéis abierto mi carta? —La voz de la señora Sharpe resultaba aterradora.

—No —susurró Petra—. También ha sido culpa mía. Pensamos que como usted es inteligente y le gusta Vermeer, tal vez supiese algo del robo y... tuviese algunas buenas ideas. Sentimos curiosidad por saber por qué había escrito a la señorita Hussey. Íbamos a leer su carta y luego a ponerla en un sobre nuevo y enviarla, pero no la abrimos. Ésa es la

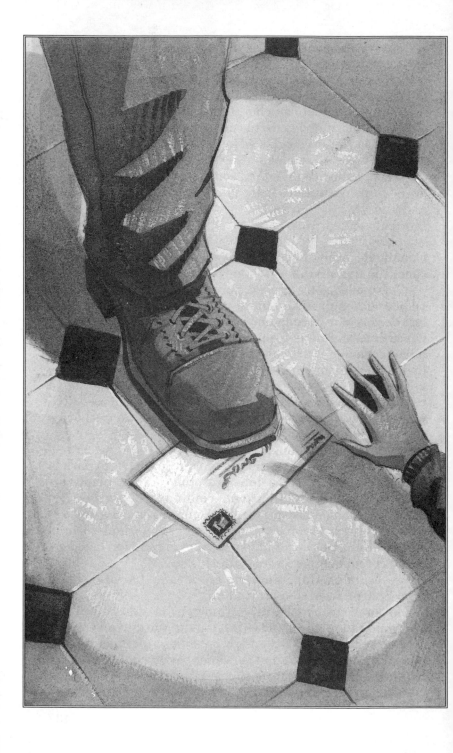

verdad. Lo siento mucho, señora Sharpe. No sé qué nos pasó. —Petra estaba a punto de llorar.

Hubo un silencio prolongado e insoportable. Ni Calder ni Petra se atrevían a alzar la vista. Después oyeron un extraño crujido procedente de la cama. La señora Sharpe se estaba riendo, y parecía que no estaba muy acostumbrada.

Los chicos la contemplaron asombrados.

—¿No está enfadada? —le preguntó Calder.

—Oh, la verdad es que no. —La señora Sharpe se secó los ojos con un pañuelo de papel—. Me veo a mí misma cuando os miro. He hecho muchas cosas en mi vida por curiosidad y me he arrepentido de muy pocas. Lo que importa es que os detuvisteis antes de hacer algo malo. —Enderezó la cara—. Algo muy malo. Nunca debéis leer la correspondencia de otra persona. —Después de hacer que los niños se sintieran incómodos otro ratito, continuó en tono brusco—: Mi nombre de soltera, Coffin, procede de la isla de Nantucket, en Massachusetts, y cuando leí en los periódicos que la señorita Hussey era de allí, pensé en comentarle la coincidencia. Bueno, ¿y qué es eso del sueño?

Aliviada porque la señora Sharpe no parecía muy furiosa por la carta, Petra empezó a hablar. Describió en detalle su sueño sobre el cuadro y confesó que nadie, salvo Calder, sabía nada del asunto. Dijo que era como si la dama de Vermeer se comunicase con ella a veces. La señora Sharpe observó a Petra con gran intensidad mientras hablaba; los ojos de la anciana se estrecharon hasta convertirse en dos ranuras.

—Sí, ella te habla…

—¿Cómo dice? —La voz de Petra era poco más que un susurro.

—Bueno, en la vida hay muchas cosas y experiencias para las que no existe explicación, como dijo el señor Fort. Pero lo que a mí me interesa es que gran parte de lo que los seres humanos creen que es mentira es verdad, mientras que lo que toman por verdad es mentira. —La señora Sharpe hablaba despacio, mirándose las manos—. Charles Fort habría dicho algo como: «¿Quién puede decir que el arte no está vivo? ¿Quién sabe lo que es real? Si las ranas caen del cielo, ¿por qué no pueden comunicarse los cuadros?»

Calder dio un salto en la silla.

—¡Petra! ¿Te acuerdas de la cita de Picasso que nos leyó la señorita Hussey que decía que el arte es una mentira que nos cuenta la verdad?

—Siéntate, niño. Estás poniendo nerviosa a mi pierna. —El tono helado de la señora Sharpe hizo que Calder volviera a sentarse. La cara de la anciana adoptó entonces una expresión indescifrable—. La verdad…, tal vez…, ¿creéis que vosotros dos vais a triunfar donde fracasó el FBI?

—Bueno, en la vida no ocurre nada si no se intenta. Y nosotros somos muy listos, ¿sabe? —Calder había sacado los pentominós y se dedicaba a hacer rectángulos en la mesa que había junto a la cama de la señora Sharpe—. Aún no le hemos hablado de esto.

—Listos, ¿tú crees? —La señora Sharpe miró a Calder un instante en silencio—. ¿Qué es eso, chico? ¿Algún juguete nuevo?

—Son pentominós —respondió él muy digno, y le dijo a la señora Sharpe el nombre de la letra de cada una de las doce fichas; luego le contó que se podían hacer muchos, muchísimos rectángulos con ellos, pero que hacía falta práctica.

—Acerca la mesa.

La señora Sharpe intentó juntar las piezas durante un rato, murmurando para sí «doce piezas» una y otra vez. Todos estaban callados. No apareció ningún rectángulo.

—Al principio es difícil. Se necesita tiempo —comentó Calder en tono amable.

—¡Bah! —La señora Sharpe parecía frustrada—. Se me ocurre otra cosa que podrías hacer con esto. A ver, ¿cuántas palabras de tres letras eres capaz de formar utilizando alguna de esas doce letras? ¿Lo has hecho alguna vez?

—No.

Los dos chicos estaban inclinados sobre la mesa mientras la señora Sharpe decía:

—Veamos… Las letras son F, I, L, N, P, T, U, V, W o M, X, Y y Z. Me encantan las combinaciones de letras: tul, fin, vil, puf, mil…

—¡Eh! Ésas son trece letras. ¿Quién ha dicho que la W es una M? —preguntó Calder.

—Yo —contestó la anciana, que estaba muy entretenida revolviendo las fichas.

—¡Luz y uf! —añadió Petra.

—¡Muy! —gritó Calder.

—¡Baja la voz, niño! No queremos que uno de esos policías de la puerta venga a darnos la lata. Y ahora, si se añaden más letras, tenemos mono, panel... ¡y vid! —La señora Sharpe estaba encantada con sus hallazgos y seguía murmurando—: Fin..., flautín...

En ese momento entró en la habitación una enfermera.

—Es hora de que tome su medicación, señora Sharpe.

—¡Oh, lárguese! —refunfuñó la mujer.

La enfermera no le hizo caso, y Calder y Petra se levantaron para marcharse. Cuando el chico recogió sus pentominós, la señora Sharpe hizo un gesto con la cabeza.

—Unas magníficas herramientas. Sirven para muchas cosas.

—Sí, a mí incluso me gustaría... —empezó a decir Calder emocionado.

Pero Petra lo tomó por el brazo.

—Tenemos que irnos, Calder.

La señora Sharpe les dio las gracias por la visita y los despidió con la mano. Cuando se alejaban, la oyeron discutir con la enfermera.

Esa noche Calder recibió una llamada de Tommy, que le comunicaba la estupenda noticia de que su madre y él regresaban a Hyde Park. Tommy no sabía exactamente cuándo, pero el Fondo de Salvación de Dewey Avenue y el dinero que Calder y Petra habían reunido vendiendo *brownies* habían sido una ayuda fundamental. Fred no había dejado gran cosa.

Luego Tommy le contó a su amigo más noticias: habían encontrado a Rana. Sus padres habían emprendido un largo viaje y lo habían dejado con un familiar en Washington. En el barrio de Nueva York en el que vivía Tommy nadie había querido contarle al «chico nuevo», en palabras de Tommy, lo que pasaba; o eso, o es que eran tan antipáticos que ni querían saber ni les importaba dónde estaban Rana y su familia. Tommy dijo que Rana le había mandado una postal de la Galería Nacional de Arte, «de uno de esos cuadros de Vermeer, el que robaron». A Calder le costó trabajo

141

no contarle a Tommy lo que estaba pasando, pero sabía que Petra y él debían mantenerse callados de momento.

Luego Calder llamó a Petra inmediatamente y la chica se emocionó al oír la historia de Tommy.

—¿Recuerdas la N de la Galería Nacional el día que intentamos que los pentominós nos dijesen dónde estaba Rana? El día de las servilletas con ranitas y la lluvia —siguió Calder.

—Ajá.

Calder le contó a Petra el resto de la historia.

—Me hace pensar en algo de Charles Fort: Rana desaparece y va a la Galería Nacional, y Tommy recibe un retrato de la dama. No es teletransportación, sino una especie de extraña simetría. —Calder se calló.

—O una broma malévola —concluyó Petra—. Se combinan cosas que no parecen lo que son.

—Cosas combinadas con un terrible sentido del humor —añadió Calder.

19

El susto de la escalera

Después de visitar a la señora Sharpe y de la noticia sobre Rana, Petra y Calder no pudieron resistirse y reiniciaron su investigación.

El único edificio del complejo de la Escuela Universitaria que no habían visto aún y tenía las paredes revestidas de madera era King Hall. Los edificios de la escuela secundaria y del instituto eran demasiado nuevos, y Poppyfield Hall se había destinado a albergar salas de música y teatro.

King Hall se utilizaba sólo para clases y oficinas, y por tanto estaba vacío después de las clases. Petra y Calder comenzaron por la planta baja y siguieron escaleras arriba.

Daba la impresión de que allí había kilómetros de madera antigua. Sin encender las luces, los niños palparon los paneles cuadrados de las paredes de las aulas dando suaves golpecitos en busca de compartimentos ocultos. Abrieron armarios y vitrinas, todos vacíos. Se acercaron a las rejillas y sacudieron los tablones de anuncios, pero el edificio parecía de una solidez descorazonadora.

—Este lugar está muerto en comparación con Delia Dell —dijo Calder contemplando el alegre edificio que estaba al otro lado de la calle.

Delia Dell Hall, edificado en 1916, era un alarde de gárgolas y caras innumerables, ocultas bajo capas y capas de hiedra. Tenía torreones de piedra, gran variedad de chimeneas y ventanas de dos hojas. A la edificación original se habían añadido una piscina, una cafetería y un cine. Allí se celebraban las fiestas y representaciones. El edificio proyectaba un cálido destello amarillo sobre la nieve, un destello que lanzaba dedos de luz en las oscuras aulas del King.

—Y todo por mi idea de que la U del pentominó significaba universidad —dijo Petra, que se había acercado a la ventana en la que estaba Calder—. Creo que la dama no está aquí. ¿Qué te parece si echamos un vistazo en Delia Dell antes de volver a casa?

—Vale, así podemos comprar unos M&M allí. Me muero de hambre.

Sus voces se apagaron en la oscuridad del anochecer cuando cruzaron la calle, mientras el silencio volvía a reinar en King Hall.

Calder y Petra se sentaron en un gran banco de la planta baja de Delia Dell para comer M&M azules y una bolsa de patatas fritas. La nieve que caía diluía, como por arte de magia, el mundo más allá de la universidad. Los chicos pusieron a un lado los abrigos, los gorros y los guantes formando un húmedo montón.

Unos cuantos estudiantes universitarios hablaban de la clase de latín en el extremo opuesto de la sala. Un hombre de cejas pobladas leía el periódico sentado. Un profesor, cuya cabeza parecía una rosada bola, iba a toda prisa en dirección a la piscina con una toalla bajo el brazo. Una mujer que llevaba un gigantesco aro lleno de llaves pasó ante el banco en el que estaban los chicos y se encaminó hacia las escaleras. Calder oyó el agudo clic de una puerta que se abría y el crujido de un cerrojo que se cerraba al otro lado.

Petra parecía ajena a todo aquello. Comía sin parar, mirando al frente con expresión soñolienta.

Calder, en cambio, tenía ganas de hablar.

—¡Vaya, este lugar es todo madera! Mira la escalera. Es primera vez que me fijo. Parece sacada de una película antigua; ya sabes, de esas en las que aparecía Bette Davis arriba.

—Pues sí. —Petra se puso de pie y se estiró—. Vámonos, se hace tarde.

Tras alejarse del vestíbulo de la entrada deambularon por una serie de salas vacías con las paredes recubiertas de madera, chimeneas de piedra y suelos de baldosas. Se encontraban en la zona más antigua del edificio.

144

Tampoco se habían imaginado lo grande que era la parte original de Delia Hall. Se retorcía y daba graciosas vueltas, como si fuera una música con escalas y cambios sorprendentes. A veces parecía grandioso y, de repente, se volvía acogedor. En la planta baja vieron una enorme sala de baile, en un rincón de la cual se impartía una clase de tai-chi. Por el camino encontraron un minúsculo recibidor que daba paso a lo que parecía un comedor. Vides de escayola adornaban las pesadas vigas del techo, y las paredes, recubiertas con paneles rectangulares de diferentes tamaños, se interrumpían de vez en cuando para alojar puertas casi invisibles. Las cerraduras y los pequeños pomos de madera constituían la única indicación. Una puerta conducía a una anticuada cocina, otra a una escalera trasera, y tres o cuatro estaban cerradas con llave.

La zona de comedores daba a una soleada biblioteca con una buena chimenea, sobre cuya repisa había un pergamino enmarcado que decía: «Dedicada a la vida de las mujeres de la Universidad de Chicago.» La dedicatoria estaba rodeada de tallas de leones y caballos.

Petra se quedó ante la dedicatoria, admirando las complicadas letras góticas.

—Qué chulo. ¿Qué significará?

—Mi madre me dijo que éste fue el primer lugar de la universidad en el que permitieron entrar a las estudiantes —le explicó Calder—. En fin, sigamos.

En el primer piso había oficinas y tres aulas vacías con hileras de sillas de madera, antiguos óleos en las paredes y recargadas ventanas con cristales emplomados.

El segundo piso tenía un teatro en miniatura. Las paredes de la habitación que daba al teatro estaban adornadas con un desfile de jóvenes vestidos con trajes medievales que bailaban, tocaban instrumentos y hablaban entre sí en medio de un idílico paisaje campestre. En la pared norte había ventanas abovedadas con cristaleras que conducían a una terraza. Petra y Calder, deslumbrados, se quedaron en la entrada de la estancia. Un telón de terciopelo rojo tapaba el escenario, en cuyos extremos había sendas puertecitas de madera.

Impulsados por la misma curiosidad caminaron lentamente hacia el escenario. No se veía a nadie. Sin decir palabra, Calder intentó abrir la puerta de la derecha, y lo consiguió: tres cortos escalones conducían a una zona muy pequeña de las bambalinas.

Entraron y pisaron los cordones de un telón raído, un laúd sin cuerdas, un cántaro de plástico y una vieja escoba.

—Parecen los accesorios de un Vermeer de pega —comentó Calder.

Pensó que Petra sonreiría, pero no parecía haberlo oído.

—No hay mucho sitio para esconder cosas —fue lo único que dijo la chica.

De repente, Petra tuvo la sensación de que se había olvidado de algo importante, como si en aquel momento tuviese que estar en otro sitio, aunque no era capaz de recordar dónde. O tal vez fuese que no se encontraba bien. Le costaba trabajo hablar.

Cuando volvieron al primer piso, Petra fue hasta un asiento situado junto a una ventana y se sentó. Le produjo un extraño alivio estar cerca de la ventana de dos hojas.

Calder se puso a cuatro patas para mirar dentro de la chimenea.

—Estoy buscando estantes ocultos. Este edificio podría estar lleno de secretos que ni nos imaginamos, ¿sabes? —Como no oyó ninguna respuesta, miró a Petra—. ¿Qué pasa? ¿Estás medio dormida?

—Calder, las ventanas...

El chico se sentó.

—Sí —dijo él lentamente—. Son como las ventanas de Vermeer.

Petra recorrió la habitación con la vista.

—Y los paneles de madera... Bueno, hay millones de edificios antiguos con paneles de madera en las paredes, pero esos rectángulos... —La voz de Petra se apagó, y ella se quedó mirando su reflejo en el oscuro cristal.

Calder se acercó y se sentó a su lado sin hacer ruido.

—¿Quieres echar otro vistazo? —le preguntó con un tono parecido al que utilizaban sus padres cuando querían que él hiciese algo sin manifestarlo abiertamente.

Petra lo observó con detenimiento.

—Calder, ¿en qué estás pensando?

—En que por tu actitud parece que nos estamos acercando a la solución.

Petra sintió de repente un calor horrible.

146

—Creo que me voy a marear. Vamos, salgamos de aquí.

Regresaron a la planta baja. Pasaron ante las manillas de bronce con forma de comadrejas, el flautista tallado en el techo, los leones de piedra encaramados sobre el descansillo... Petra, que había apoyado la mano en la barandilla para bajar por la recargada escalera, se detuvo sobresaltada mientras Calder seguía bajando.

Las barandillas eran una exquisita mezcla de vides y criaturas de hierro. Había pájaros, ratones y lagartos. En lugar de postes de arranque, en el extremo de las barandillas, al pie de la escalera, había sendos monos de madera de roble tallados con gran esmero. «Mono, panel, vid, flautín, fin...» Petra sintió que la sangre se le agolpaba en las sienes: «Mono, vid... Mono, vid... Panel, flautín, ¡fin!» Las palabras de la señora Sharpe... Petra se quedó de piedra y se aferró a la barandilla.

Vio cómo Calder, totalmente ajeno a ella, revolvía la ropa empapada en busca de su abrigo. Petra confió en que su cara no revelase sus disparatados y ridículos pensamientos. Tenía que caminar, caminar con normalidad... Un hombre apartó su periódico para mirarla cuando pasó ante él. ¿Acaso los demás podían percibir cómo le latía el corazón y le ardía la cabeza? Tomó sus cosas y salió por la puerta hacia el reconfortante crepúsculo.

—¿Petra? ¿Qué pasa?

—¡Vámonos!

Calder apenas era capaz de seguir el paso de su amiga, que iba prácticamente corriendo y dando tumbos entre la nieve recién caída. Petra recorrió la manzana este de la calle Cincuenta y nueve y miró hacia atrás. Calder también miró, con un miedo repentino.

—Vamos a cruzar los patios para volver a casa. Tenemos que desaparecer, ¿vale?

Calder apretó el paso al lado de Petra, de forma que sus hombros se rozaban. Pensó en la P de presa, ¿o era de pedir? Las sombras azuladas del atardecer resultaban amenazantes. Los arbustos que había entre las casas parecían llenos de charcos oscuros, y la gente que caminaba encorvada por el frío se les antojaba peligrosa.

Cuando Petra estuvo segura de que nadie los seguía, se detuvo.

—Calder, ya está.

El chico echó un vistazo al desierto callejón y se puso a temblar.

—¿Qué es lo que ya está?

—Creo que la hemos encontrado.

20

Un loco

Esa noche, mientras se lavaba los dientes, Petra repasó lo que había ocurrido en Delia Dell Hall. En su mente se había producido un claro «¡zas!». Le recordó la vez que, al enchufar el raído cable de una vieja lámpara, sintió una descarga eléctrica.

¿La señora Sharpe había dado a entender algo? ¿Esperaba que ellos le sacasen jugo a sus pistas? Petra pensó en lo que les había dicho en una ocasión la señorita Hussey sobre delincuentes que querían ser descubiertos. Si la señora Sharpe y la señorita Hussey habían trabajado juntas…

Y entonces, como si alguien hubiese cambiado la graduación de sus gafas, vio de repente lo disparatadas que eran sus ideas. Calder y ella tenían que estar locos para pensar que aquellas dos mujeres estaban implicadas en el robo. Las sospechas sobre la vecina y la profesora le parecieron de pronto infantiles y demenciales. La experiencia de la escalera no podía ser más que una tremenda y extraña coincidencia.

En primer lugar, Calder, la señora Sharpe y ella habían jugado con los pentominós. Era evidente que la señora Sharpe no había visto un pentominó en su vida. Las palabras que había formado aquella tarde no eran algo planeado.

En segundo lugar, era una mujer mayor, viuda de un hombre que había sido asesinado. Había recibido una carta del ladrón y, tras semanas de preocupaciones, lo había denunciado y había pedido protección policial. La señorita Hussey era una joven profesora entregada a su trabajo. ¿Por qué se iba a mezclar en el robo de una gran obra de arte?

Petra se puso a dar golpecitos con el cepillo de dientes sobre el lavabo con gesto serio. En Delia Dell se había dejado llevar por la imaginación. Con la esperanza de resolver el misterio había llegado a unas conclusiones estúpidas. Tanta observación la estaba volviendo loca. El «zas» seguramente había sido consecuencia de su malestar, y las palabras que había formado la señora Sharpe con los pentominós no eran más que un estupendo episodio propio de Charles Fort. El cuadro robado tal vez estuviese en Suiza, Brasil o Japón. Por la mañana le pediría perdón a Calder por haberlo asustado.

Faltaban dos días para que Petra cumpliese doce años, y a esa edad ya se podía distinguir bien lo que tenía sentido de lo que no.

Petra dejó a un lado el cepillo de dientes y esperó a que el agua se calentase sentada en el borde de la bañera. De repente pensó en la dama. Quería preguntarle: «¿Pienso con claridad? ¿Lo que ha ocurrido hoy ha sido cosa de mi imaginación? ¿Estás en Delia Dell?» Petra aguardó una respuesta, pero no hubo ninguna.

La duda volvió a filtrarse en su mente. ¿Desde cuándo era tan racional? La imaginación era lo que mejor se le daba. ¿No estaban Calder y ella de acuerdo en que había que salvar a la señorita Hussey? ¿Y qué pasaba con la carta que había encontrado en el seto de la señora Sharpe?

Se metió en la bañera de un salto, se puso una toallita caliente en la cabeza y cerró los ojos tras echar el cuello hacia atrás.

De repente se encontró dibujando un rectángulo dentro de un triángulo. Más que una imagen era una sensación. Entonces sumergió la cabeza sin importarle que el agua le entrase en los oídos. ¿Por qué no podía dejar de pensar?

La mañana invernal era resplandeciente, de una blancura inmaculada; una mañana de cielo hosco, ramas negras como la tinta y el efecto cegador y bidimensional que produce la nieve recién caída.

Mientras se vestía, Petra miró por la ventana y pensó que las ramas podían ser los ríos de un mapa o las grietas de un plato azul. Tal vez fuesen símbolos de un código desconocido. ¿Quién podía asegurar que los árboles no hablaban a través de sus ramas, lanzando mensajes lentos y complicados con un inadvertido lenguaje de formas? Las ideas de Calder eran contagiosas...

Petra bajó las escaleras silbando de felicidad para desayunar. El mundo se le antojaba lleno de posibilidades. Sus prácticos razonamientos de la noche anterior le parecían cobardes y faltos de imaginación. ¿Qué le había pasado? Se acordó de la frase del ladrón: «Felicito a todos los que persiguen la verdad.»

Era sábado y sus padres, aún en pijama y con las cabezas muy juntas, estaban absortos en un artículo del *Chicago Tribune*. Parecían disgustados.

—¡Ese tipo es un loco! ¡Un lunático ególatra! —El padre de Petra dio un manotazo sobre la mesa y los cuencos de cereales pegaron un brinco.

—¿Qué ocurre? —preguntó Petra, que se había quedado paralizada.

—Más noticias sobre el cuadro de Vermeer. Tendremos que confiar en que el FBI sepa lo que hace. —Frank Andalee se levantó mientras hablaba y puso la mano sobre el hombro de su hija—. ¿A que te alegras de no tener la responsabilidad de quitarle a un loco una de las obras maestras de la pintura?

—Desde luego, papá —respondió Petra, a quien se le encogió el corazón cuando empezó a leer.

> *La Galería Nacional de Arte recibió ayer la siguiente carta anónima. El último comunicado del ladrón, un anuncio enviado al* Chicago Tribune, *había sido sellado en Florencia, Italia. La carta recibida ayer se franqueó en una estafeta de correos de Washington. Tanto el FBI como la Galería Nacional de Arte han entendido que era importante que el público conociese inmediatamente las últimas intenciones del ladrón.*

> *Estimada Galería Nacional:*
> *El libro recientemente publicado,* El dilema de Vermeer, ¿y ahora qué?, *obedece a la abrumadora respuesta del público a mi carta y a los tres anun-*

152

cios que he puesto en periódicos de todo el mundo. La gente me ha dado la razón. Ahora es cosa suya y de sus colegas admitir, públicamente, que todos tenemos razón.

Exijo que escriban una carta a todos los propietarios de cuadros de Vermeer, en la que afirmarán que mi punto de vista es válido e impondrán el cambio inmediato de las obras atribuidas al pintor e identificadas por mí anteriormente.

Si esas atribuciones no se cambian en el plazo de un mes, el día 11 de enero destruiré, en contra de mi voluntad, Mujer escribiendo. *Lo consideraré un sacrificio en aras de la verdad, una lección dirigida a los que son demasiado rígidos y falsos para hacer lo correcto.*

Soy viejo y no viviré mucho. Sin embargo, viviré para ver cómo se soluciona esto en las paredes de los museos y en los libros o, ante la consternación de todos nosotros, cómo se reduce a cenizas.

Les pido que compartan Mujer escribiendo. *Si buscan en el fondo de su corazón, sé que me darán la razón, como predije en noviembre.*

Hagan lo correcto.

Petra soltó el periódico y salió corriendo de la cocina.

21

Mirar y ver

—Este ladrón es más implacable de lo que pensamos.

Eran las nueve de la mañana, y los chicos estaban sentados en la cocina de la casa de Calder. Sus padres habían ido a hacer la compra.

—Apuesto a que si llamamos a la policía, registran Delia Dell hoy mismo. Y si el cuadro está allí, es más probable que lo encuentren ellos antes que nosotros. Otra cosa que podemos hacer es contárselo a nuestros padres y dejar que decidan ellos —dijo Petra, aunque no pronunció la última frase con mucho entusiasmo.

Calder, absorto en sus propios pensamientos, sonrió.

—También podemos no contárselo a nadie. Ya estoy viendo los titulares: «Unos niños localizan el Vermeer desaparecido», o «Unos niños, en un alarde de brillantez, descubren el paradero de la obra maestra de Vermeer», o «Unos niños conducen a los desanimados agentes del FBI hasta...».

—¡Calder! ¡Venga ya! ¿Cómo se te ocurre pensar en la popularidad? ¿Qué es lo mejor para la dama? —Petra cerró la boca y apretó los labios con gesto de hermana mayor.

—Que la encuentren. —Calder cruzó los brazos sobre el pecho y puso mala cara—. Pero a ti también te gustaría salir en los periódicos.

Petra se dedicó a pensar cómo sería verse en un programa de televisión o que su foto saliera en la primera plana del *Chicago Tribune*.

—A lo mejor sí —respondió con un tono más amable.

—Voto a favor de que intentemos encontrarla nosotros solos hoy, y si no lo conseguimos, se lo contamos a nuestros padres y a la policía por la noche.

—Muy bien, pero creo que antes deberíamos llamar a la señora Sharpe.

—¿Por qué? —Calder había sacado del bolsillo el pentominó de la I y le daba vueltas sobre la mesa—. ¿Porque la carta suena mucho a ella? Sabemos que no es posible. Está en el hospital y, además, jamás destruiría un Vermeer.

—Podría ayudarnos. —Petra dio un sonoro golpe con la cuchara en su taza—. Le contaremos lo que pasó en Delia Dell y sentirá curiosidad. Entonces, si sabe algo, tal vez lo suelte.

Ambos se quedaron mirando la I.

—¿Qué quiere decirnos? —preguntó Petra.

—Instante —contestó Calder—. Supongo que significa que estamos cerca.

Llamaron al hospital y pidieron que les pasaran con la habitación de la señora Sharpe.

Cuando la anciana se puso al teléfono, Petra dijo:

—Ayer Calder y yo estuvimos un rato en Delia Dell...

—¿Y qué? —La voz de la señora Sharpe era tan cortante que ni el acero se le habría resistido.

—La carta del periódico... Estamos preocupados. —Se produjo un silencio al otro lado de la línea—. ¿Señora Sharpe? No queríamos que se inquietase por nosotros.

—No os hagáis ilusiones. ¿Por qué iba yo a inquietarme? —Antes de que Petra tuviese tiempo de hablarle de la impresión que había sufrido en la escalera, la anciana añadió—: Tened cuidado. Mirar y ver son dos cosas muy diferentes.

La comunicación telefónica se interrumpió.

Calder les dejó una nota a sus padres. Luego los chicos se pusieron los abrigos y se dirigieron al campus. Entraron en Delia Dell por la puerta lateral, y Petra resbaló sobre las baldosas mojadas; perdió pie y fue a parar, con un doloroso golpe, delante de un banco.

Cuando consiguió ponerse de rodillas, se encontró ante el rostro de un hombre: tenía unas cejas tan pobladas que le colgaban precariamente sobre los ojos, demasiado pequeños para el tamaño de semejante rostro.

156

—La coza eztá rezbaladiza, ¿eh? —La voz del hombre era grave y atenta, y tenía acento extranjero—. Eztos zuelos antiguos zon terribles cuando eztán mojadoz. Pero ez un edificio maravillozo, de lo máz maravillozo. —Al sonreír a Petra, sus ojos casi desaparecieron bajo el abundante pelo de las cejas; después tendió una manaza a la niña—. Vozotros eztuvizteiz aquí el otro día, ¿no? —Había algo en aquel hombre que les resultaba familiar.

Petra se puso de pie.

—Estoy bien —dijo de pronto, sin ton ni son, y empujó a Calder para que saliese por la puerta que estaba enfrente.

—¡Genial! Ese hombre se fija en nosotros y vas tú y te pones nerviosa. ¿Y ahora qué hacemos?

—¿Y qué querías que le dijese? ¿Dónde está Vermeer? ¿No has reconocido la voz? Creo que es el hombre de la oficina de correos.

—¿Qué hombre? —preguntó Calder.

—¡El tipo que pisó la carta de la señora Sharpe!

—Quienquiera que sea, nosotros deberíamos haber seguido con lo nuestro. Si no habíamos llamado la atención, ahora seguro que sí.

Por primera vez habían estado a punto de pelearse. A Petra le escocían los codos y estaba enfadadísima consigo misma. Sabía que Calder tenía razón. Pero bueno, lo más probable era que el hombre no fuese nadie.

—Un momento —dijo Calder—. Tengo una idea. Creo recordar que hay una entrada por el sótano.

Se apresuraron a ir al lado este del laberíntico edificio, y allí, como si fuera un milagro, apareció una puertecita abierta a la altura de medio piso tras una zona amurallada. Para mantener la puerta abierta la habían apuntalado con una lata vieja y abollada.

—¡Caramba! Si nos preguntan qué hacemos, respondemos que estamos realizando un plano del edificio para el colegio, ¿vale? —dijo Calder, pero su voz no sonó tan convincente como él hubiese querido.

—Vamos a sacar papel y bolígrafos para que parezca que estamos trabajando de verdad —añadió Petra.

Armados con el material, decidieron entrar. Era difícil ver algo en la oscura entrada, así que se quedaron fuera y aguzaron el oído, y luego se asomaron a la esquina: no había nadie a la vista.

Caminaron de puntillas por un pasillo largo que doblaba primero a la izquierda y después a la derecha. Una puerta de vaivén daba a una habitación iluminada por una simple bombilla. Una vez dentro se encontraron con tres posibles salidas, y eligieron la del medio.

—Puaj —dijo entonces Calder, que había pisado un asqueroso montón de basura que olía a leche rancia y zapatillas de deporte. Petra se tapó la nariz con su mitón.

Luego desembocaron en un laberinto de pasillitos.

—¿En qué dirección crees que debemos ir? —preguntó el chico mirando la desconchada pintura de las paredes.

—Ni idea, pero quiero subir —respondió Petra.

Fueron a dar a una bifurcación. Con gran alivio comprobaron que en uno de los sentidos había una escalera de hierro y se dirigieron hacia ella a toda prisa.

En el primer piso una ventana en forma de diamante conducía a un vestíbulo.

—No veo muy bien. Inténtalo tú —sugirió Calder, que se apartó en el preciso momento en que pasaba por delante un jersey azul. Los niños se agacharon, y Petra pinchó a Calder en la nariz con el pasador del pelo—. ¡Petra! A ver si te fijas en lo que haces... —Calder se olvidó de bajar la voz, y el jersey azul reapareció, se detuvo unos interminables segundos al otro lado de la puerta, y luego siguió su camino.

—Calder, es igual que el jersey de mi padre. Voy a asomarme.

—¿Y qué le decimos si es él? Nos preguntará qué hacemos aquí.

—No lo sé, pero tengo que saber si es mi padre.

Caminaron con el mayor sigilo por el vestíbulo y pasaron ante varias oficinas. Al llegar a la esquina, vieron que el hombre del jersey azul subía las escaleras del segundo piso con un paquete rectangular bastante pequeño.

Indudablemente era Frank Andalee.

—Qué raro —susurró Petra—. ¿Qué estará haciendo él aquí? A veces trabaja los sábados, pero al otro lado del campus.

La chica se acordó de lo enfadado que estaba su padre aquella mañana y del porrazo que había dado en la mesa.

También se acordó de sus palabras: «¿A que te alegras de no tener la responsabilidad de quitarle a un loco una de las obras maestras de la pintura?» La palabra «loco» se repitió en su cabeza de forma aterradora. ¿Se sentía él responsable de semejante cosa? Tal vez estuviese metido en algo que no debiera y por eso estaba de tan mal humor últimamente.

Se acordó de cuando lo oyó murmurar las palabras «Un préstamo». También recordó la conversación sobre las dos cartas misteriosas y la respuesta que había escuchado en boca de su madre: «Todo el mundo tiene algo que ocultar.»

Al ver lo apenada que estaba Petra, Calder le dio unas palmaditas en la espalda.

—Estoy seguro de que tiene un buen motivo para estar aquí.

Amontonaron las mochilas y los abrigos en un asiento que había junto a una ventana y comenzaron a explorar el primer piso de Delia Dell. Durante media hora palparon cosas, observaron, empujaron, curiosearon, se inclinaron, apretaron, abrieron y cerraron. Encontraron armarios y las paredes crujieron, pero no había ni rastro del cuadro.

Sin embargo, Petra era incapaz de concentrarse.

—No consigo imaginarme qué hace mi padre en Delia Dell —comentó.

—A él le pasaría lo mismo si te viera aquí.

—Y ese paquete que llevaba del tamaño exacto...

De repente, Petra se cansó de sospechar de los demás: primero la señora Sharpe, luego la señorita Hussey, más tarde las dos, y para rematar... ¿su padre?

Calder pareció leer los pensamientos de su amiga, pues comentó:

—Andar a hurtadillas e intentar entender a la gente no es tan divertido como creía.

Al mirar por una ventana, Petra vio que su padre y el hombre de la oficina de correos cruzaban el aparcamiento.

—¡Calder! ¡Están juntos!

Petra se fijó en que su padre caminaba con los hombros encorvados y las manos hundidas en los bolsillos; ya no llevaba el paquete.

22

Los doces

Cuando Calder y Petra salieron, los dos hombres ya se habían marchado. No había huellas para poder seguirlos: la nieve estaba amontonada formando una masa ilegible.

—Creo que deberíamos irnos —dijo Petra.

—Sí.

Mientras iban a Harper Avenue, Calder y Petra trazaron un plan. Regresarían a Delia Dell aquella noche, y cada uno de ellos le diría a sus padres que estaba en la casa del otro.

—Tal vez estemos destinados a una vida de delincuencia, después de todo. —Petra sonrió a Calder sin mucho entusiasmo—. Aunque esto es distinto; será como una aventura de cumpleaños anticipada. Quiero decir... —Se interrumpió de pronto.

Calder parecía incómodo.

—¿Cómo lo sabes?

—¿Cómo sé qué?

—Lo de mi cumpleaños.

—¿Qué? ¡También es mi cumpleaños!

Petra observó, sorprendida, que Calder se mostraba más preocupado que nunca mientras miraba la T del pentominó que tenía en la mano derecha.

—T de tiempo... Los dos cumplimos doce años el día doce del mes doce... ¿Por qué no me he dado cuenta antes?

—¡Vaya! —Fue lo único que acertó a decir Petra.

—Es un rompecabezas que se basa en los doces. Están los pentominós, que son doce, y el hecho de que nosotros

161

dos cumplimos doce años el día doce del mes doce, y apuesto a que hay más cosas en el cuadro o sobre Vermeer que tienen que ver con el tiempo y el doce —dijo Calder.

—Calder, o estás totalmente pirado o eres un genio. Puede que las dos cosas.

—Y nos quedan doce horas para descifrar esto... ¿Crees que podremos hacerlo?

—Sí, lo creo.

Esa tarde los chicos se escondieron tras un arbusto situado bajo las ventanas de la planta baja de Delia Dell. Eran las siete menos diez. El cielo azul y la nieve blanca de la mañana habían adoptado una tonalidad morada y gélida ribeteada de negro.

—¡Es el hombre de la oficina de correos! —susurró Calder.

Con toda seguridad era uno de los últimos en salir del edificio antes de que cerrasen las puertas. Bajó despacio las escaleras y se dirigió a un coche aparcado. Antes de entrar en él, echó un vistazo a la calle Cincuenta y cinco, como si buscase a alguien. Calder y Petra le vieron la cara con claridad.

En cuanto el coche arrancó, Petra salió de detrás del arbusto.

—¡Deprisa!

Entonces rodearon el edificio hasta la zona en que se depositaba la basura. La puerta trasera por la que habían entrado aquella mañana continuaba abierta.

Fueron a toda prisa hacia la oscura entrada y se colaron por ella; era como saltar a unas negras aguas.

Oyeron pasos a cierta distancia y a alguien que silbaba.

Petra agarró a Calder por la manga y señaló un archivador gigantesco. Se acurrucaron junto a él sin atreverse casi a respirar.

Los pasos se acercaron, rápidos y pesados, y oyeron un gruñido cuando alguien dejó en el suelo un cubo metálico de basura. Entonces vieron a un hombre que se movía en la penumbra.

Otros dos pasos y el hombre cerró de golpe la puerta trasera y dio dos vueltas a la llave en la cerradura. Luego

162

apagó la luz de la habitación de al lado y los dejó en la oscuridad. Los pasos se hicieron cada vez más débiles, pero los chicos esperaron hasta que oyeron cómo se cerraba otra puerta.

Petra sacó de su mochila una linterna que se encendió y enseguida se apagó. La chica la sacudió vigorosamente, pero no pasó nada. La oscuridad los envolvió por completo, y Petra oyó un ruido, como si tuviese el océano en los oídos. El espacio que los rodeaba se encogía de forma muy desagradable.

—¡Oh, genial!

—¿No la has probado en casa?

—¡Pues claro que sí!

Con gran alivio para ellos, la luz se encendió y Petra apuntó la linterna hacia el techo.

Atravesaron el oscuro laberinto de vestíbulos y trasteros con gran sigilo, llevando la linterna como si fuera un vaso lleno. Nada les resultó familiar. Debían de haber tomado un camino distinto. Calder se decía que el adjetivo «espeluznante» era insuficiente para calificar aquel sitio. En comparación, el sótano de Gracie Hall resultaba acogedor.

Intentaron no pensar en nada que no fuese dar un paso tras otro.

Los pasillos parecían interminables. La linterna se apagó de nuevo, y esa vez definitivamente. Apoyándose el uno en el otro tantearon el camino hasta doblar la siguiente esquina.

Un letrero rojo que señalaba la salida resplandecía a lo lejos.

—¡Lo conseguimos! —Recorrieron el pasillo y, tras cruzar la puerta, se encontraron en el gran vestíbulo de la entrada.

Una sillería de coro de altos respaldos que estaba en medio del recinto se cernió sobre ellos. La luna había salido después de que entrasen en el edificio y su luz se filtraba por las ventanas abovedadas del descansillo del primer piso. Una senda de rectángulos y rombos rotos descendía frenéticamente por las escaleras hasta que al fin descansaba sobre las cabezas de los monos de madera de la base.

—Tal vez sea mejor tener la linterna apagada, por si alguien vigila el edificio —susurró Petra.

163

—Estaba pensando lo mismo. —Calder miró hacia la sala de banquetes y la biblioteca.

La oscuridad hacía que se sintieran pequeños. Recorrieron el vestíbulo y luego subieron los escalones que conducían a la habitación de al lado; tras pasar bajo el entramado de viñas de escayola entraron en la biblioteca.

El lugar resultaba solitario y tenebroso por la noche. Fuera, los estudiantes que se dirigían a sus residencias hablaban y se reían. Petra y Calder sentían que un abismo de responsabilidad los separaba de la vida cotidiana. ¿De dónde habían sacado la idea de que podían hacer aquello?

—Empezaremos por aquí y nos mantendremos juntos —dijo Petra.

Palparon la pared sur forzando la vista en la oscuridad mientras buscaban armarios, paneles o pomos ocultos. Iban muy lentos.

En la puerta del comedor dudaron, pues la oscuridad resultaba aún más impenetrable. Allí no había tantas ventanas. Una vez dentro, trabajaron de forma metódica y con mayor rapidez. Presionaron y golpearon con tanta fuerza los paneles que los brazos les temblaban y se dejaron los nudillos en carne viva.

De pronto, Calder dio la vuelta tan de sopetón que Petra se sobresaltó.

—¿Qué pasa? —No hubo respuesta. Calder corría hacia las escaleras, y Petra lo siguió—. ¡Calder! ¡Espérame!

El chico se detuvo al pie de la escalera y subió doce peldaños, contándolos según subía.

—¿Qué ocurre? —chilló Petra.

—Creo que lo he descubierto. Baja otra vez.

—¿Yo sola?

—¡Deprisa! Quédate en el escalón número doce. —Calder estaba sin aliento, pero mantenía la calma.

Petra veía figuras acurrucadas en todas las esquinas. Si desaparecía, como Rana, la culpa sería de Calder.

—¿Aquí?

A la chica le latía el corazón con fuerza. Junto a la escalera reinaba una terrible oscuridad. De repente se acordó del pensamiento que había tenido en la bañera —un rectángulo dentro de un triángulo—, y comprobó que estaba apoyada en un enorme triángulo.

164

—Un paso atrás. —Calder bajó corriendo, se agachó a su lado y pasó los dedos sobre la superficie de la pared, que estaba recubierta con pequeños paneles cuadrados de unos diez centímetros de ancho.

—Una serie de doces... —murmuró Calder—. Seis, siete, ocho... Aquí.

Dieron golpecitos en el duodécimo rectángulo y, luego, en los que estaban alrededor. Sin lugar a dudas había un espacio vacío tras aquella parte de la pared.

Empujaron con todas sus fuerzas la madera de roble tallado, pero no se movió.

—Vamos a empujar más despacio. Tal vez haya un resorte o un cerrojo.

Petra se concentró en la parte superior derecha y Calder en la izquierda, y tantearon varios centímetros de pared con mucho cuidado.

Lo hicieron dos veces, intentando centrar el duodécimo panel en un rectángulo imaginario más grande. A la tercera ocasión, algo cedió.

Tras un crujido de astillas y un golpe sordo, el panel se abrió hacia dentro, dejando al descubierto un trastero de poco fondo.

Petra, temblorosa, buscó con un gesto automático la linterna y manoseó el interruptor. La luz se encendió milagrosamente.

—¡Oh, Dios mío, Petra!

Una figura rectangular y más bien pequeña, envuelta en un paño, estaba apoyada en la pared del fondo.

Calder retrocedió un paso, inseguro. Petra le dio la linterna y tomó el objeto. La envoltura era de terciopelo.

Se sentaron en el suelo hombro con hombro. Petra comenzó a quitar la tela: le dio la vuelta al objeto primero hacia un lado y después hacia el otro, mientras metros de terciopelo rojo oscuro se desplegaban sobre sus rodillas. Después tocó el pico de un marco. La madera era fría y suave. Entonces se detuvo.

—Tú. —La palabra era apenas un sonido.

Calder lo entendió y con todo cuidado retiró la última capa de terciopelo.

Durante el resto de sus vidas recordarían aquel momento con perfecta claridad. La linterna arrancó destellos

a las perlas, a los satinados lazos del cabello y a los ojos de la mujer. La imagen era mucho más fina y delicada de lo que ellos habían pensado. Por las mejillas de Petra rodaron lágrimas calientes que le emborronaron el conocido rostro de la dama.

Cuando oyó un sollozo ahogado, a Calder también se le llenaron los ojos de lágrimas. En aquel instante en el mundo sólo estaban ellos tres: la dama, que casi tenía trescientos cincuenta años, y los dos chicos, que estaban a punto de cumplir doce.

—Te sacaremos de aquí —susurró Petra sin confiar demasiado en su voz.

Calder se secó las mejillas con la manga de la chaqueta y señaló la hilera de perlas que estaban sobre la mesa.

—Cuéntalas.

Petra así lo hizo, y luego miró con timidez a Calder al darse cuenta de que los dos habían llorado.

—¿Diez? ¡Oh, no me lo creo! ¡Con las perlas de los pendientes hacen doce! —exclamó Calder.

Los dos se miraron con una sonrisa insegura.

—¿Cómo te has fijado en eso? —preguntó Petra.

—No lo sé. Tal vez sea cosa de ella.

La chica, que seguía contemplando el cuadro, asintió con un silencioso gesto de comprensión.

Ambos se aclararon la garganta. No habían pensado qué harían si llegaban a encontrar el cuadro.

—Calder, fuera hace demasiado frío. ¿Crees que le hará daño? Puedo envolverlo en mi chaqueta.

—Tendremos que hacerlo. Peor sería dejarla aquí. ¿Y si el ladrón decide cambiarlo de sitio mañana? Jamás nos lo perdonaríamos.

Mientras Calder sostenía la linterna, Petra envolvió de nuevo el cuadro con la larga tira de terciopelo y luego se quitó el jersey y lo anudó en torno al bulto para asegurarlo bien. La anchura del marco hacía que fuese difícil de llevar.

Atravesaron el oscuro vestíbulo de la entrada sin notar apenas las baldosas bajo los pies, y se encaminaron a una de las salidas que había en el lado norte del edificio.

Entonces, al examinar los bordes de la puerta, descubrieron la reveladora luz roja de una alarma.

—Apuesto a que todas las puertas principales están conectadas a una alarma —dijo Calder—. Podemos intentar salir por el sótano, pero tal vez esté conectado también. O tú podrías salir corriendo por aquí mientras yo me encargo de distraer a quien nos vea.

—No. Sigamos juntos.

—Sería mejor que yo también llevara algo, por si alguien vigila el edificio. No importa que nos capture la policía, ¿no? En realidad, sería un alivio.

Calder se agachó, recogió un letrero que decía: «Peligro: Resbala cuando está mojado» que habían dejado junto a la puerta y lo metió dentro de un montón de periódicos de la universidad. Después se quitó la chaqueta rápidamente, envolvió los periódicos y el letrero con la sudadera, y volvió a ponerse la chaqueta. Llevaba el bulto entre las manos como si fuera algo frágil.

—¿Convincente? Un momento. —Calder buscó en su bolsillo y sacó un pentominó—. Es la Y de ya. Vamos a llevarla a su casa —aseguró, y tocó con delicadeza el paquete de Petra.

—Desde luego —replicó la chica, que sonreía.

—¿Dispuesta? —Los dos tomaron aliento nerviosos.

—Preparados.

—Listos.

—¡Ya!

Abrieron la puerta y echaron a correr en el frío aire de la noche; tras ellos ululaba la alarma.

23

¡Socorro!

Petra y Calder corrieron hacia el jardín y la zona de recreo que estaban detrás de la Escuela Universitaria. Cada pocos segundos miraban hacia atrás. De repente, un hombre con una chaqueta oscura surgió de la parte del edificio que daba a la calle Cincuenta y nueve; corría hacia ellos.

—¿Puedes ver quién es? —La voz de Petra sonaba como si estuviera a punto de llorar.

—¿Es usted de la policía? —gritó Calder.

No hubo respuesta. Casi sin aliento se detuvieron un instante, dispuestos a abrazar a un policía de la universidad. En ese momento la figura salió de las sombras y la luna le iluminó los cristales de las gafas, convirtiéndole los ojos en charcos de plata. El hombre iba directamente hacia los chicos, y se movía como si su vida dependiera de ello. No llevaba uniforme.

—¡Corre! —jadeó Calder.

Los dos echaron a correr, zigzagueando entre los árboles y los arbustos.

—¡Socorro! ¡Socorro! —chilló Petra, pero no vio a nadie. ¿Dónde estaban los que sacaban a pasear a sus perros? ¿Y los estudiantes?

El hombre se acercaba cada vez más a ellos y ya podían oír su respiración. Petra saltó sobre un cajón de arena y salió de la zona de recreo. Oyó un golpe tras ella y por el rabillo del ojo vio que Calder se había golpeado contra una estructura para escalar.

La chica se detuvo.

—¡Vete! ¡Vete! —gritó Calder, que se había puesto en pie, aunque el hombre estaba a escasos segundos de alcanzarlo.

Petra corrió como nunca. Cuando miró hacia atrás, vio a Calder en lo alto de un tobogán, sin soltar el fardo, y al hombre debajo.

Luego oyó la voz de Calder, aguda y chillona a causa del miedo.

—Si se acerca más, romperé el paquete con la rodilla, y entonces sí que va a tener problemas. —Petra no distinguió la agria respuesta del hombre, pero sí el comentario de Calder—: ¡No se atreva a hacerme daño!

La chica sintió al mismo tiempo una punzante ráfaga de miedo y una oleada de admiración por su amigo, provocada por la valentía y la rapidez de ideas de Calder.

Petra se encontraba en la calle Cincuenta y siete. Corrió a lo largo de la manzana hasta el restaurante Medici, empujó la pesada puerta de madera y entró.

Por suerte, un miembro de la policía de la universidad salía en aquel momento. Petra le contó de manera entrecortada la historia de Calder y el hombre de la zona de recreo, aunque decidió no decir nada de la dama. No quería perder tiempo con preguntas. Corrieron al callejón, y Petra se sentó en el asiento del copiloto del coche patrulla. A los pocos minutos, frenaron junto a la zona de recreo.

Las luces azules iluminaron una figura que había sobre la tierra. Petra oyó que el policía soltaba un gruñido y, tras abrir la puerta del coche, le dijo:

—Quédate donde estás, pequeña.

Pero Petra dejó el cuadro en el asiento delantero y salió del coche.

Cuando se acercaron al tobogán, comprobaron que el bulto era la sudadera de Calder tirada encima de un montón de periódicos, los que el niño se había llevado al salir de Delia Dell.

—¡Oh, sí! ¡Calder ha escapado! —exclamó Petra, que se puso a dar saltitos.

El policía se arrodilló para examinar la sudadera.

—Parece que está manchada de sangre —comentó. La chica se arrodilló también horrorizada, y vio gotas de un líquido oscuro en la capucha gris—. Vamos, pequeña; no deberías estar aquí. —El policía se puso de pie y gritó—: ¡Usted! ¡Deténgase inmediatamente! ¡Soy policía!

Petra alzó los ojos y vio al hombre que los había perseguido agachado junto al coche patrulla, con el paquete de Petra bajo el brazo. El hombre corrió hacia el este por la calle Cincuenta y ocho, en dirección a los patios y las cercas en los que podía esconderse, como bien sabía ella.

—¡Es él! ¡Ése es el tipo que nos perseguía y que ha robado el cuadro!

—¿Qué ha robado?

—¡Oh, deprisa, por favor!

El policía, con una mano en la funda de la pistola, corrió al coche patrulla.

—Sospechoso de agresión se dirige hacia el este por la calle Cincuenta y ocho y lleva un artículo robado. Pido ayuda inmediatamente.

—Diga que es algo muy valioso. ¡Es el Vermeer!

Tras un momento de duda, el policía le dijo con tono amable:

—Llegarán enseguida, bonita.

—¡Le estoy diciendo la verdad!

El policía la miró con gesto indulgente y sacudió la cabeza.

—Y a todo esto, ¿qué estabais haciendo los dos solos por aquí a estas horas?

—Aunque se lo dijese, no lo entendería. ¡Oh, espero que Calder se encuentre bien! —susurró Petra.

Petra se echó a llorar y apenas fue capaz de darle al policía la dirección y el número de teléfono de su amigo. Le había fallado a Calder, y también le había fallado a la dama, y para colmo Calder estaba herido.

Cuando iba hacia la comisaría, la chica dijo con voz temblorosa:

—Si alguna vez ha creído usted en algo, créame, por favor.

Dieron a Calder por desaparecido, e inmediatamente sus padres y los de Petra comenzaron a buscarlo por el barrio con la policía. Los Pillay y los Andalee se quedaron impresionados y nerviosos al oír las noticias de Petra, pero no había tiempo para explicaciones. La desaparición de Calder resultaba más que preocupante.

Un vecino permaneció en casa de los Pillay por si Calder regresaba antes. A Petra la dejaron en casa con sus hermanos pequeños, que estaban durmiendo. Sin cambiarse de ropa, la chica se puso a caminar por el vestíbulo de un lado a otro. ¿Adónde habría ido Calder? ¿Y cómo había conseguido escapar de aquel hombre que corría tanto?

Luego se sentó en las escaleras. ¿Y si el hombre había herido a Calder en la zona de recreo y lo había arrastrado hasta otro sitio? Petra intentó no imaginárselo y se dijo a sí misma que debía conservar la esperanza. Calder jamás habría permitido que ocurriera algo así.

Se preguntó después dónde dejaría ella el cuadro si fuera el ladrón y quisiera salir de Hyde Park sin llamar la atención. Al menos podía concentrarse en aquello.

Se imaginó que tenía a la dama, envuelta en terciopelo, debajo del jersey. «Indícame dónde estás —pensó Petra—. Por favor, ayúdame a encontrarte.» Y de pronto tuvo la sensación, supo que la dama estaba cerca. ¿La habría metido el ladrón debajo del porche de alguna casa? ¿Tal vez en un cubo de reciclaje o entre una mata de arbustos? No, no habría sido tan estúpido como para ponerla en peligro. Petra pensó en un garaje, pero solían estar cerrados con llave. Y entonces se le ocurrió otra idea.

Tomó una pala de nieve que estaba en el vestíbulo y salió a la acera. Sus hermanos no se despertarían y, además, sólo tardaría un par de minutos. Tendría mucho cuidado.

La cabaña del árbol de los Castiglione estaba al lado. Sus hijos ya eran mayores y apenas la utilizaban. Petra pensó en echar un vistazo para comprobar si había huellas en la nieve debajo de la cabaña. Si las había, regresaría a casa y llamaría a la policía.

Cerró la puerta principal sigilosamente y vio que un coche patrulla se alejaba por el final de la manzana al tiempo que se extinguía el ruido del motor. Silencio. La luna llena resplandecía.

Entró en el patio de los Castiglione empuñando la pala de nieve como si fuera un arma. Entonces distinguió unas huellas de botas que morían en un lugar pisoteado debajo del árbol y eran del tamaño de los pies de un hombre.

Petra se quedó quieta un momento, con el oído atento y la vista clavada en la cabaña. Si las huellas pertenecían al ladrón, tal vez estuviese aún allí arriba. Hacía más de una hora que el hombre había robado el cuadro del coche patrulla. ¿Por qué iba a permanecer allí arriba, muerto de frío, arriesgándose a que alguien lo encontrase?

Sólo había una línea de huellas, pero Petra sabía por experiencia que se podía salir de la cabaña deslizándose con cuidado sobre una rama larga y saltar sobre el talud que había junto a la vía del tren. El hombre podía haber escondido a la dama y después subir a un tren o a un autobús sin llamar la atención.

La cabaña del árbol era una estructura pequeña con una ventana de cristal. Estaba bien protegida contra el agua, así que podía servir como escondite seguro. Petra hizo una bola de nieve, la lanzó a la cabaña y fue a dar en un lado. Lanzó más. Si alguien estaba dentro, confiaba en que se asomase, y entonces ella echaría a correr.

Nada.

—¡El de ahí arriba! —gritó con voz temblorosa.

No hubo respuesta.

Petra tenía que hacerlo. Apoyó la pala en el árbol y empezó a trepar.

Primero un pie, luego una mano, el otro pie, otra mano... La chica contaba a medida que subía. Al agarrarse a la duodécima tabla procuró sosegar los fuertes latidos que notaba en la garganta. Estaba debajo de la trampilla. Se quedó quieta, respiró a fondo y aguzó el oído. Le pareció que su pulso susurraba: doce, doce, doce, doce.

Empujó suavemente la trampilla. En el interior no se oía nada. Ninguna manaza la cerró de golpe ni la abrió de un tirón.

Empujó un poco más y la puerta cayó hacia atrás con un golpe sordo.

Petra subió otro peldaño y escudriñó la cabaña.

—¡Calder! —gimió.

El chico estaba tumbado de lado, acurrucado formando una U en torno al bulto. Petra lo sacudió por un hombro; luego le cogió una mano, le dio golpecitos en ella y se la frotó. Estaba frío como el hielo.

—¡Oh, Calder! ¿Qué te ha pasado?

Entonces los ojos del chico se abrieron y se cerraron.

—Me tiró del tobogán… Una herida en la cabeza… Pero yo lo seguí…

—Eso es genial, pero no hables. Ahora estamos casi a salvo: tú, yo y la dama —dijo Petra con dulzura. Se quitó la chaqueta, arrebujó a Calder en ella y se dispuso a bajar la escalerilla para pedir ayuda.

—No te lo puedes ni imaginar —murmuró Calder.

24

Las piezas

A Fred lo encontraron muerto en el tren a primera hora de la mañana, tras haber sufrido un infarto. Sus botas encajaban con las huellas que había al pie de la cabaña del árbol de los Castiglione.

Aunque la barba de Fred había desaparecido y sus gafas eran diferentes, Calder lo reconoció por la voz. Cuando Fred lo tiró del tobogán, Calder se lastimó la cabeza al caer y fingió que estaba inconsciente. Luego, al ver que Fred se marchaba, Calder se había levantado. El corazón le latía aceleradamente, estaba aturdido y no había ni rastro de Petra. Calder deseó con todas sus fuerzas que su amiga consiguiese ayuda antes de que Fred la alcanzase.

El chico se dirigió a su casa atravesando patios con paso inseguro. Estaba descansando junto a unos arbustos cuando vio pasar a Fred, que corría y llevaba a la dama. Calder se tumbó en la nieve y observó cómo Fred subía a la cabaña del árbol de los Castiglione con el cuadro. Luego, al oír el crujido sordo de una rama y ver que Fred gateaba hasta las vías del tren, pensó que no tenía tiempo para pedir ayuda policial. Debía rescatar a la dama. Cabía la posibilidad de que Fred enviase a alguien a buscarla poco después.

Calder cruzó Harper Avenue tambaleándose, puso el mayor cuidado en pisar sobre las huellas de Fred para no dejar rastro y trepó al árbol. Cuando llegó a la plataforma y comprobó que el cuadro estaba a buen recaudo, se detuvo a descansar. Entonces se desmayó. Poco después lo encontró Petra, que sin duda le había salvado la vida. Calder se había dado un golpe serio, pero recuperó fuerzas para tomar la tarta de cumpleaños con su amiga al día siguiente. Petra le recordó que estaban igualados, pues él también le había salvado la vida al distraer a Fred mientras ella huía con el cuadro.

Fred Steadman se llamaba en realidad Xavier Glitts y era el jefe de una banda internacional de delincuentes. El FBI descubrió que Glitts había cursado estudios superiores en la Sorbona de París y en la Universidad de Princeton. En el mundo del robo de obras de arte se le conocía con el apodo de «el Relumbrón», y era famoso por sus cambios de identidad y por utilizar su encanto personal para salir de situaciones imposibles.

Además de la casa de Nueva York, tenía un apartamento en Londres y otro en Roma; y todos sus informes sobre el robo de *Mujer escribiendo* aparecieron en la cámara acorazada de un banco suizo.

Xavier Glitts tenía un cliente que deseaba poseer aquella obra maestra de Vermeer desde hacía muchos años. El coleccionista, que era también un inteligente criminal, pagaría a Glitts sesenta millones de dólares por el cuadro, pero quería que le garantizase que la policía nunca daría con las pistas del robo.

El Relumbrón había trazado entonces lo que a su modo de ver era un plan brillante. Se presentaría como un ladrón idealista. Escogió Hyde Park como vecindad perfecta para esconderse y el papel de marido de Zelda Segovia como impecable disfraz.

Poco después de casarse con Zelda, ambos acudieron a una cena de la Escuela Universitaria para recaudar fondos. Glitts charló con una joven profesora que se llamaba Isabel Hussey y que estaba pasando una temporada en Chicago; a la joven acababan de contratarla para dar clases en la escuela durante el otoño. Cuando Glitts se enteró de que ella había estudiado historia del arte, sacó a colación el tema de Vermeer y fingió no saber nada sobre la obra del artista. La señorita Hussey le dio todas las ideas sobre las atribuciones de obras que aparecieron luego en las cartas del ladrón.

En los archivos de la Universidad de Chicago, Xavier Glitts se ganó la confianza de una bibliotecaria especialista que le contó que había un compartimento secreto en Delia Dell, supuestamente debajo de la escalera principal. Glitts le contó a la bibliotecaria que estaba recopilando documentación sobre «depósitos secretos» en las universidades más importantes del mundo y añadió que había oído que existían lugares así en Oxford, Harvard, McGill y la Universidad de Salamanca. La bibliotecaria de la Universidad de Chicago se mostró encantada de contarle todo lo que sabía.

Cuando vivía en Harper Avenue, Glitts oyó hablar de su solitaria vecina Louise Sharpe, y enseguida averiguó que era la viuda de Leland Sharpe. Como la señorita Hussey, era una apasionada de la obra de Vermeer. Aquello resultaba demasiado bueno para ser cierto.

Luego, Glitts conoció a Vincent Watch en la librería Powell's. Entablaron conversación y el señor Watch dijo que sus dos grandes amores eran los libros de arte y los misterios, y que esperaba poder escribir un día algo sobre un misterio artístico, basado en hechos reales del mundo del arte. No había llegado aún a escribir tal libro, pero llevaba años soñando con él. Glitts había asentido con gesto de comprensión.

Según un diario encontrado por el FBI en la cámara acorazada que Glitts tenía en el banco, se le ocurrió la idea de las tres cartas para confundir a las autoridades y crear tres sospechosos. Después se lo había pasado de maravilla escribiendo las cartas que publicaban los periódicos y observando las reacciones del público. Su robo se había convertido en un acontecimiento mundial sin precedentes y él en el héroe de miles de personas. Lo único que le fastidiaba era que nunca se sabría que él era el responsable.

Tras escribir la carta en la que amenazaba con quemar el cuadro y en la que decía que era viejo y no viviría mucho, lo cual parecía cosa de la señora Sharpe, Glitts planeó sacar *Mujer escribiendo* del compartimento secreto, entregarla a cambio de sesenta millones de dólares y dejar que el mundo creyese que había quemado el cuadro. Estaba completamente seguro de que ningún museo satisfaría las exigencias de su última carta.

El FBI supuso que la noche que Glitts regresó a Delia Dell Hall para hacerse con el cuadro, acababa de aparcar el coche cuando oyó saltar la alarma del edificio y vio a Calder y Petra salir corriendo. Fue ahí donde las cosas empezaron a torcerse.

En el curso de sus investigaciones, el FBI averiguó que la señora Sharpe tenía mucho dinero y que había hecho un donativo muy generoso a la Galería Nacional después del robo. Con tono tajante la anciana aclaró que quería permanecer en el anonimato, pues le desagradaba la publicidad debido a las circunstancias en que había muerto su marido. Deseaba que el dinero se utilizase para sostener reuniones de especialistas en Vermeer en las que se trataría el tema de las atribuciones y del delito. Cuando el dinero se empleó en pagar *El dilema de Vermeer*, la señora Sharpe se sorprendió mucho, pero no se quejó, pues concordaba con sus exigencias.

La señorita Hussey se horrorizó al enterarse por la señora Sharpe de todo lo que habían hecho Calder y Petra para protegerla. Como nunca había vivido en una gran ciudad, aquel otoño se había sentido sola y echaba de menos su casa. Luego había recibido una extraña carta. Cuando robaron el cuadro y se dio cuenta de que sus ideas sobre la obra de Vermeer se parecían a las del ladrón, se había asustado; y la tensión por no saber qué hacer con la carta del ladrón había sido el colmo. No tenía a nadie con quien hablar en Chicago, nadie salvo sus alumnos de sexto.

Zelda Segovia se quedó espantada al comprobar que se había dejado engatusar hasta el punto de casarse con un delincuente profesional. No sabía nada de Xavier Glitts ni de sus turbias ocupaciones. Cuando Tommy averiguó que el apodo de su padrastro era el Relumbrón, se burló: «Le va mejor el Fanfarrón. En mi vida había oído semejantes parrafadas: nos prometió de todo y luego desaparece de esa manera... ¡Menuda víbora!»

A Frank Andalee le afectó mucho haber asustado a su hija aquel día en Delia Dell Hall. En realidad le llevaba un antiguo grabado de uno de los laboratorios científicos al tipo de las cejas gruesas, un publicista que trabajaba para la universidad. El padre de Petra había cambiado de departamento ese invierno y era mucho más feliz en su nuevo trabajo.

Vincent Watch llevó la carta consigo durante semanas sintiendo un escalofrío secreto al saber lo que tenía en el bolsillo. No quería ponerse en contacto con la policía sin esperar a que el ladrón contactase antes con él y le hiciese una interesante proposición que después podría utilizar para escribir un libro. La carta era una estupenda forma de empezar un misterio artístico. Cuando se enteró de que la señora Sharpe y la señorita Hussey eran las otras dos destinatarias, decidió confiarse a la señora Sharpe.

Después de que Calder le llevase el último pedido a la señora Sharpe, el señor Watch se detuvo ante la casa de la anciana tras salir del trabajo. Al buscar en el bolsillo la carta para enseñársela a la señora Sharpe, no la encontró. El hombre nunca entendió cómo había pasado tal cosa. Seguramente no había acertado a meterla en el bolsillo la última vez, y quizá se le hubiese caído cuando iba por Harper Avenue. Estaba muy disgustado, pero la señora Sharpe era comprensiva y práctica. Ambos coincidieron en que ya no tenía sentido que él les dijese a las autoridades que existía una tercera carta. No tenía pruebas de ello y quedaría como un estúpido.

Curiosamente, aquélla era la segunda vez que perdía la carta. Semanas antes había hecho una fotocopia por si perdía la original, y la había extraviado sin saber cómo en el camino entre la copistería y la librería. Resultaba un poco fantasmagórico.

Ésa era la carta que Petra había visto revoloteando, pero como el señor Watch no le había hablado de ella a la señora Sharpe, Petra nunca supo de dónde había salido. Le dijo a la señora Sharpe que había encontrado la tercera carta muy bien metida entre unas matas. Y ambas coincidieron en que se trataba de una cadena de acontecimientos que habría intrigado a Charles Fort.

En cuanto el FBI finalizó los interrogatorios, la señora Sharpe, Calder y Petra se reunieron en la cocina de la anciana para tomar el té de nuevo; y en esa ocasión los tulipanes eran amarillos.

La señora Sharpe felicitó a los niños por su extraordinaria valentía y su inteligencia. Viniendo de ella, era un verdadero cumplido. Después del té, Calder informó a la señora Sharpe de todas las pautas de doce que había identificado, y le explicó que era como si los pentominós le comunicaran mensajes. Añadió que estaba seguro de que había más doces por medio.

Los ojos de la señora Sharpe se convirtieron en dos líneas, como en el hospital, cuando Petra le había hablado de su sueño. La anciana estaba muy callada. Le hablaron del momento en que habían surgido las palabras «mono-panel-vid-flautín-fin» en las escaleras de Delia Dell y le preguntaron si las había dicho a propósito.

—¡Ojalá! —exclamó con una sonrisa un poco nostálgica.

La señora Sharpe les agradeció que compartiesen con ella aquellos fabulosos secretos y les prometió que nunca se los revelaría a nadie, al menos no sin su permiso. De algún modo, Calder y Petra sabían que podían confiar en ella.

Luego les contó un secreto suyo y les pidió que no lo divulgasen hasta después de su muerte. Los dos niños se mostraron conformes inmediatamente, y Petra le dio unas palmaditas a la mano huesuda de la señora Sharpe.

La anciana repasó algunas cosas de su pasado que Calder y Petra ya sabían. Les contó que, antes de que asesinaran a su marido, había recibido una carta de él en la que le decía que había hecho un sorprendente descubrimiento sobre los cuadros de Vermeer, descubrimiento que estremecería a los historiadores del arte de todo el mundo. Apenas era capaz de esperar para contárselo, pero quería reservar la noticia para cuando estuviese «sano y salvo en Hyde Park». Y entonces, el día en que tenía que volar de regreso a Chicago, encontraron su cuerpo junto al Rijksmuseum de Amsterdam. Le habían dado un golpe mortal en la cabeza. Su agenda estaba en la maleta, en el vestíbulo del hotel. Cuando semanas más tarde la señora Sharpe consultó la agenda, vio que su marido había garabateado «1212» de forma precipitada el día de su muerte. Se lo comentó a la policía, pero nadie supo encontrarle sentido. ¿Significaba las doce y doce minutos del mediodía o de la noche? ¿Sería, en realidad, el número 1.212? Ella tampoco fue capaz de adivinarlo. La policía nunca llevó a nadie a juicio y el misterio se borró con el tiempo.

Tras contarles a los niños la historia, la señora Sharpe se quedó callada un momento, mirando la mesa. Luego parpadeó rápidamente, se enderezó en la silla, se sonó y continuó con su habitual tono serio:

—Estaba decidida a retomar el asunto donde Leland lo había dejado, pero nunca conseguí averiguar qué era lo que él había descubierto o de qué se había dado cuenta. Durante años he estudiado todo lo que he podido sobre Vermeer. Prometí apoyar una nueva investigación de su vida y obra. Y entonces, el otoño pasado, empezó a sucederme algo extraño. Y ésta es la parte que quiero que mantengáis en secreto.

La señora Sharpe les contó que la dama de *Mujer escribiendo* le había dicho que limpiase el nombre de Vermeer para que el mundo supiese que parte de su obra había sido pintada por sus seguidores. La anciana había recibido páginas y páginas de mensajes, palabras que ella se había limitado a copiar. Calder y Petra se miraron mientras la señora Sharpe iba a buscar una hoja de papel del montón que estaba junto al ordenador. La mujer se acomodó ante la mesa de la cocina y leyó lo siguiente:

Mi mentira es que sólo soy lienzo y pintura. Mi verdad es que estoy viva. Tal vez algunos piensen que es cosa de tu imaginación, pero no lo es. El arte, como bien sabes, trata de ideas. Soy tan real como tu porcelana azul, el niño de la caja o la niña que soñó conmigo. Estoy siempre aquí.

Al ver lo serios que estaban los chicos, la señora Sharpe trató de tranquilizarlos:

—Comparto esto con vosotros para enseñaros lo que estoy empezando a ver: algo mucho más poderoso que nosotros nos ha reunido. Aunque Xavier Glitts creyese que tenía el control, él sólo era una parte del cuadro, si me perdonáis la expresión. Algo consiguió comunicarse con cada uno de nosotros, incluyendo al ladrón, en la forma que nosotros queríamos oírlo o verlo.

Con una débil sonrisa la señora Sharpe se estiró sobre la mesa de madera para poner un tulipán derecho. El sol de la tarde llenaba de color los pétalos convirtiéndolos en claras copas de limón bajo la luz invernal. De repente, Petra se acordó de una hoja que había recogido en Harper Avenue aquel otoño, y la sorprendió la idea de que el amarillo fuese el color de las sorpresas.

Calder descubrió más doces. Primero hizo una lista:

Petra Andalee
Frank Andalee
Norma Andalee
Calder Pillay
Walter Pillay
Yvette Pillay
Isabel Hussey
Louise Sharpe
Tommy Segovia
Zelda Segovia
Vincent Watch
Xavier Glitts (conocido también como Fred Steadman)

Eran doce nombres y tenían doce letras cada uno. La señora Sharpe se puso colorada de emoción cuando Calder le enseñó la lista y, tras pensar unos momentos, dijo lentamente:

—Sí, ¡qué curioso!...

La señora Sharpe les recordó a Calder y a Petra que Charles Fort no creía en el azar, sino que pensaba que las cosas estaban a veces relacionadas de una forma que aún no se puede explicar en términos científicos. Pero si eso no eran coincidencias, ¿qué eran entonces?

A Calder y a Petra el asunto los tenía bastante impresionados, así que se alegraban de poder hablar con la señora Sharpe. Creían que era de lo más extraordinario que en el hospital la anciana hubiese dicho lo mismo que Picasso sobre el arte, las mentiras y la verdad. Tal vez las grandes ideas fuesen muy sencillas. O tal vez ciertas experiencias de la vida encajaran como los pentominós; y no importaba el paso del tiempo, aunque fuesen siglos, cuando se trataba de decir algo fundamental.

Si había doce nombres implicados y cada nombre era una pieza de un enorme rompecabezas, ¿encajarían aquellos doce de otras maneras? Tras un montón de tazas de té, Calder, Petra y la señora Sharpe encontraron aún más extrañas coincidencias.

La más desconcertante era que la primera letra del nombre de pila de cada persona de la lista de Calder era un pentominó:

—La U es mi C —aclaró Calder—. Es cuestión de moverla un poco, no de darle la vuelta. De todas formas, nunca me ha gustado que la U sea una U.

Calder notó que, si se pensaba en aquellas doce personas como en pentominós, algunas encajaban en rectángulos con más facilidad que otras. Por ejemplo, la X es la pieza más difícil del pentominó. La U (o C) y la P, sin embargo, servían para muchas soluciones. La L (Louise) encajaba sin problema con la I (Isabel), y la W (Walter) con la Y (Yvette), o la F (Frank) con la N (Norma)... A Calder le bullían las ideas. Luego, Petra y él se acordaron de que la señorita Hussey había dicho «La letra está muerta y las cartas también» a principios de curso. Y, en efecto, una letra había muerto, pensaron con tristeza: la X.

Aunque Leland Sharpe no estaba en la lista, Calder se fijó en que la primera letra de su nombre de pila empezaba con la duodécima letra del alfabeto. Petra añadió que la L era una letra muy útil del pentominó y encajaba con facilidad en la mayoría de los rectángulos.

—Sí, él siempre se las arreglaba para acomodarse a las situaciones nuevas. —La señora Sharpe respiró fuerte por la nariz, con gesto complacido—. Le encantaban los rompecabezas y los códigos. Habría disfrutado con los pentominós.

Resultó que Isabel Hussey y Louise Sharpe descendían de un miembro de la familia Coffin de la isla de Nantucket. Las dos habían vivido allí, y la anciana había escrito la carta de la que les había hablado a Calder y Petra.

Tras la resolución del misterio, a la señorita Hussey y a la señora Sharpe se las solía ver comiendo juntas en Hyde Park. Tenían mucho de que hablar y les gustaban sus respectivas formas de pensar. A medida que avanzaba el curso escolar, la señorita Hussey se convirtió en amiga, además de profesora, de Petra y Calder. Al salir de clase los tres iban muchas veces a Fargo Hall a tomar un chocolate caliente.

Petra le enseñó a la señorita Hussey su ejemplar de ¡Mira! Los alumnos de sexto buscaron acontecimientos para añadirlos a los registrados por Charles Fort y estudiaron la idea de coincidencia. ¿Era, como creían una serie de científicos interesados, sólo producto de la fascinación humana por las pautas repetidas? ¿O había algo más?

Frank y Norma Andalee y Walter e Yvette Pillay tenían cuarenta y tres años. Todos tenían doce años cuando había muerto Leland Sharpe, treinta y un años antes. La señora Sharpe y los niños se preguntaron si habría alguna relación con la publicación de ¡Mira! en 1931. También repararon, con un estremecimiento, en que Vermeer había muerto a los cuarenta y tres años.

El padre de Petra le dijo a su hija algo aún más sorprendente: parte de su familia había vivido durante siglos en los Países Bajos, en una zona próxima a Delft. Los registros familiares eran muy vagos, pero resultaba posible que Petra estuviese emparentada con algún miembro de la familia de Vermeer. La chica se pasó unos días en las nubes.

En el curso de sus investigaciones, Calder averiguó que Johannes Vermeer murió de un ataque repentino en diciembre de 1675. Lo enterraron en Oude Kerk, en Delft, el 16 de diciembre. Se creía que había muerto unos días antes, y que el 12 de diciembre podía haber sido el último día de su vida. Además de ser el cumpleaños de Petra y de Calder, había sido el último día de vida de Xavier Glitts.

Y luego estaba Rana. Cuando Petra se acordó de la frase de Fort: «Deduciremos que hay una existencia en las ranas», le indicó a Calder que tal vez se tratase de una extraña pista. A lo mejor deberían haber deducido la existencia del Relumbrón a partir de Rana.

Semanas después del regreso de la dama a la Galería Nacional, las etiquetas que acompañaban a una serie de cuadros de Vermeer en todo el mundo se cambiaron discretamente por otras que decían: «Atribuido a Johannes Vermeer.» Para celebrarlo, Calder y Petra fueron a tomar el té con la señora Sharpe en el hotel Drake, donde ésta les anunció que pronto les mandaría algo a casa. La anciana le regaló a Calder un antiguo globo terráqueo y una auténtica alfombra oriental que eran iguales a los del geógrafo. A Petra le dio su escritorio, una maravilla del siglo XVII, y un collar de legítimas perlas holandesas.

Calder y Petra, en sus entrevistas con la prensa, no contaron toda la historia. Nunca hablaron del sueño de Petra, la forma de resolver enigmas de Calder, Charles Fort, los doces ni los M&M azules. No sabían si el mundo estaba preparado para saberlo. Y ni siquiera ellos estaban totalmente seguros de qué había sido real y qué imaginado.

Agradecimientos

Quiero dar las gracias a los cientos de alumnos de las Escuelas Laboratorio de la Universidad de Chicago con los que he tenido la suerte de trabajar y que me han enseñado tanto sobre la forma de pensar y ver las cosas. Estoy en deuda con Lucinda Lee Katz, Beverly Biggs y mis colegas del Laboratorio, que contribuyeron a que yo pudiera enseñar y escribir. El Premio Mary Williams fue una enorme sorpresa y una gran ayuda. He de dar las gracias de modo especial a mi mentor y amigo Bob Strang, que me introdujo en el mundo de los pentominós y en las maravillas de la enseñanza constructivista.

Hay diferentes opiniones sobre Vermeer, su trabajo y el número de cuadros que realmente pintó. He basado los hechos descritos en este libro en las investigaciones de Arthur K. Wheelock, Jr., conservador de la sección de Pintura Barroca de los Países Bajos de la Galería Nacional de Arte de Washington, y autor de varios libros fascinantes sobre Vermeer. Agradezco mucho al doctor Wheelock que respondiese a todas mis preguntas. También quiero agradecer sus observaciones sobre la potencia muscular de los niños de once años.

Will Balliett, Betsy Platt, Lucy Bixby, Anne Troutman y Barbara Engel se tomaron la molestia de leer los primeros borradores e intercambiar ideas, y Nancy y Whitney Balliett han colaborado de principio a fin. Muchas gracias a todos. Mi agente, Amanda Lewis, me guió con gran habilidad a través de numerosas aventuras. Tres hurras para mi editora, Tracy Mack, cuya sabiduría, imaginación y confianza me condujeron hasta donde debía ir. Y gracias también a Leslie Budnick, editora adjunta, siempre disponible y dispuesta a colaborar.

Asimismo quiero expresar mi gratitud a ese ser extraordinario que es mi marido, Bill Klein, que me ha ayudado de mil maneras. Sin él no existiría este libro.

El mensaje secreto es:
«The Lady lives»
Para comprobar el resultado visita la página en inglés:
www.scholastic.com/chasingvermeer

Mujer de amarillo escribiendo una carta, Johannes Vermeer, *c.* 1665,
Galería Nacional de Arte, Washington